博雅文叢

日用交誼尺牘

譚正璧 著

出版說明

「博雅教育」，英文稱為General Education，又譯作「通識教育」。

甚麼是「通識教育」呢？依「維基百科」的「通識教育」條目所說：「其一是通才教育；其二是指全人格教育。通識教育作為近代開始普及的一門學科，其概念可上溯至先秦時代的六藝教育思想，在西方則可追溯到古希臘時期的博雅教育意念。」歐美國家的大學早就開設此門學科。

在兩岸三地，「通識教育」則是一門較新的學科，涉及的又是跨學科的知識。概而言之，乃是有關人文、社科，甚至理工科、新媒體、人工智能等未來科學的多方面的古今中外的舊常識、新知識的普及化介紹，等等。因而，學界歷來對其「定義」抱有各種歧見。依台灣學者江宜樺教授在「通識教育系列座談（一）會議記錄」（二零零三年二月）所指陳，暫時可歸納為以下幾種：

一、通識就是如（美國）哥倫比亞大學、哈佛大學所認定的Liberal Arts。

二、如芝加哥大學認為：通識應該全部讀經典。

三、要求學生不只接觸 Liberal Arts，也要人文社會科學學生接觸一些理工、自然科學學科；理工、自然科學學生接觸一些人文社會學，這是目前最普遍的作法。

四、認為通識教育是全人教育、終身學習。

五、傾向生活性、實用性、娛樂性課程。好比寶石鑑定、插花、茶道。

六、以講座方式進行通識課程。（從略）

近十年來，香港的大專院校開設「通識教育」學科，列為大學教育體系中必要的一環，因應於此，香港的高中教育課程已納入「通識教育」。自二零一二年開始的第一屆香港中學文憑考試，通識教育科被列入四大必修科目之一，考生入讀大學必須至少考取最低門檻的「第二級」的成績。在可預見的將來，在高中教育課程中，通識教育的份量將會越來越重。

在互聯網技術蓬勃發展的大數據時代，搜索功能的巨大擴展使得手機、網絡閱讀、搜索成為最常使用的獲取知識的手段，但網上資訊氾濫，良莠不分，所提供的內容知識未經嚴格編審，有許多望文生義、張冠李戴及不嚴謹的錯誤資料，謬種流傳，誤人子弟，造成一種偽知識的「快餐式」文化。這種情況令人擔心。面對着人工智能技術的迅猛發展所導致的對傳統優秀文化內容傳教之退化，如何能繼續將中國文化的人文精神薪火傳承?培育讀書習慣不啻是最好的一種文化訓練。

有感於此,我們認為應該及時為香港教育的這一未來發展趨勢做一套有益於中、大學生的「通識教育」叢書,針對學生或自學者知識過於狹窄、為應試而學習的不良傾向去編選一套「博雅文叢」。錢穆先生曾主張:要讀經典。他在一次演講中還指出:「此時的讀書,是各人自願的,不必硬求記得,也不為應考試,亦不是為着做學問專家或是寫博士論文,這是極輕鬆自由的,正如孔子所言:『默而識之』便得。」我們希望這套叢書能藉此向香港的莘莘學子們提倡深度閱讀,擴大文史知識,博學強聞,以春風化雨、潤物無聲的形式為求學青年培育人文知識的養份。

本編委會從上述六個有關通識教育的範疇中,以第一條作為選擇的方向,以第二條的芝加哥大學認定的「通識應該全部讀經典」作為本文叢的推廣形式,換言之,就是為初中、高中及大專院校的學生而選取的,讀者層面也兼顧自學青年及想繼續進修的社會人士,向他們推薦人文學科的經典之作,以便高中生未雨綢繆,入讀大學後可順利與通識教育科目接軌。

這套文叢將邀請在香港教學第一線的老師、相關專家及學者,組成編輯委員會,分類包括中外古今的文學、藝術等人文學科,而且邀請了一批受過學術訓練的中、大學老師為每本書撰寫「導讀」及做一些補註。雖作為學生的課餘閱讀之作，但期冀能以此薰陶、培育、提高學生的人文素養，全面發展，同時，也可作為成年人終身學習、補充新舊知識的有益讀物。

本叢書多是一代大家的經典著作，在還屬於手抄的著述年代裏，每個字都是經過作者精琢細磨之後所揀選的。為尊重作者寫作習慣和遣詞風格、尊重語言文字自身發展流變的規律，給讀者們提供一種可靠的版本，本叢書對於已經經典化的作品不進行現代漢語的規範化處理，提請讀者特別注意。

「博雅文叢」編輯委員會

二零一九年四月修訂

目錄

慶賀類

延薦類

介紹類

導讀

文言尺牘　白話書信

（一）舊與新

當今的書信，歸入應用文（或稱實用文）。應用文與藝術文對舉，後者側重作者個體情感的抒發、語言文字的創意，而應用文則有具體明確的實際用途。書信是人際溝通工具，世事人情多種多樣，書信也就須具備應付諸般人事的功能。譚正璧先生此書，題為「日用交誼尺牘」，「交誼」便是人與人的交往、信息互通的意思。

尺牘是書信的舊稱，取其長度一尺之意，而其作用在酬對世務，故昔日指導書信寫作的讀物，便有酬世尺牘之名。以下從舊尺牘書中選錄一則，以供參考。

通候同學

某某同學大鑒[1]。每懷
碧梧翠竹之姿[2]。輒深渭樹江雲之感[3]。辰維[4]
福躬康勝。學業淹精為頌。弟[5]蛾術無方。兔株坐誤[6]。惟念巨卿元伯。
既共學於一堂。方諸稽叔呂安。當不遠夫千里[7]。聊乘鴻便[8]。謹
布區區。臨楮[9]欲言。不能一一。專肅[10]敬頌
日祺[11]。統希
垂察[12]。

同學弟某某手啟某月某日[13]

舊時尺牘用文言體，不在話下。而此種書信的特點，更尤其在於其行文的格式和程式。格式大體已如前述，而信的內容一般分為三個部份：開端、正文、結束。正文是信的主體內容，因所涉及的事務而異。開端和結束則各有特定的用語，除了上行、下行、平行的書信分別採用尊卑分明的詞語外，也須畢恭畢敬，以顯出彬彬有禮。於是，以開端而言，便有所謂的「稱謂語」、「知照語」、「啟事語」、「思

慕語」、「離別語」、「恭維語」等。按上述例子，「同學」是「稱謂語」，倘是父母，則稱「大人」了。「大鑒」是「知照語」，「每懷碧梧翠竹之姿。輒深渭樹江雲之感」是「思慕語」，「辰維福躬康勝。學業淹精為頌」是「恭維語」。

至於結束，則有「修書語」、「奉布語」、「請安語」、「按尾語」、「結尾語」等。上例之中，「聊乘鴻便。謹布區區」是「修書語」，「臨楮欲言。不能一一」是「按尾語」，「專肅」是「奉布語」，「敬頌日祺」是「請安語」，「統希垂察」是「按尾語」，「手啟」是「結尾語」。

此就彼語，不一而足，一信之中，亦非強求語語俱全，但如要寫文言尺牘，「稱謂」、「知照」、「啟事」作開端似不可少，結束時用「修書」、「請安」、「結尾」，恐怕也是合宜之選。當然，時代推移，科技交通日進，傳書遞簡已是易如反掌，期望對面晤言，也不恨蓬山阻隔，「思慕」、「離別」、「請安」等語，似嫌多餘了。

譚正璧先生另有《文言尺牘入門》一書，可視作本書姊妹篇。該書內容分為四類：請求類、陳敍類、人事類、交際類，與本書分類容或各異，大歸仍是「日用交誼」，其實世務紛繁，名目不過權宜之計。至於各篇之後附簡註和語譯，與本書體例一致。而可以特別一提的，是該書有〈稱謂錄〉與〈套語錄〉兩項附錄，羅列眾多文言書信慣用的詞語，有如百子櫃，方便檢用。

（二）文與白

書信本來就是把人際交往的禮節，形諸書面。與人會面酬對，先稱呼對方名字以至頭銜，繼而表示有事相告，再陳述詳情，末了示意事情已完滿表達，並盼望對方安好，最後微笑、點頭、鞠躬或揮別，整套「程式」正合乎人情之常，是人與人之間相敬以禮的反映。「恭儉莊敬，禮教也」（《禮記．經解》），尺牘的「程式」便在於顯示「恭儉莊敬」。只是「禮之失，煩」（同上），倘若過於拘泥「程式」，便易落入禮的窠臼，雖未至於讓「禮教」給吃掉，然而徒具形式，忽略人情，人也就變成了行屍走肉，信也就成了虛文偽飾。

譚先生此書，分為「通候」、「慶賀」、「延薦」、「介紹」四類，類別之中所收各函，兩兩成對，均以一去函一覆函，往復相次，更具「交誼」意味。每函又先文言，附以簡註，然後白話譯文，俾便讀者理解學習，茲舉通候函一則為例。

致老友——春日問候

某某吾兄惠鑒：杏林絢錦，柳岸垂絲。枝頭弄好鳥之音，綺陌開晴光之畫。遙維財祺晉吉，履祉延庥！觀春日之融和，喜春光之旖旎。一年之計，果在於春。不知
兄台於持籌握算之餘，亦猶憶及天涯故人否？弟碌碌如常，勞勞依舊。數年闊別，遠隔
芝儀。雖疏尺素之通，實切寸衷之念，屢欲修函通候，輒因俗務羈身，歉仄之懷，難以言宣。想金蘭夙好，或能曲原。不我遐棄，伏祈
惠賜教言，無任欣幸之至！肅此布達，臨穎神馳。祗請
春安！

某某敬啟　月　日

某某仁兄：

杏花已開得很盛，楊柳又發出了新芽，鳥兒不斷的在枝頭唱歌兒，田畝間又展開了一幅晴朗清明的圖畫。祝你生意好，身體平安！現在看看融

和的春日，欣賞那旖旎的春光，一年的計劃，果然是在春天。你在店裏處理店務的時候，不知道尚還想到遠在他鄉的老朋友嗎？我仍舊和以前一般的勞勞碌碌。和你分別了三年，雖然沒有通過信，但是心裏時常想念着的，屢次要想動筆來問候你，都為了些俗事中止，我抱歉的心思，真不能從筆尖上寫出來。想來我們是知己朋友，你或者能夠格外原諒，不會棄掉我的。請你寫封回信來，那我真快活光榮極了！特地寫這封信來表達我意。在動筆時非常的盼望着你！祝你

春天快樂！

某某某　月　日

文言信的格式、用語、行文方式，悉如前文所選尺牘，惟採用新式標點，古今夾雜。而正文內容較為豐富，則自然稍勝前文尺牘僅作示例的寥寥數語。讀者可注意的是，白話譯文與文言相對照，開端部份刊落了「知照語」，結束部份省卻了「奉布語」和「結尾語」，顯得簡單直接。而「恭維語」、「修書語」、「按尾語」，均譯成白話，如非為配合文言，悉數刪去的話，也許會更見親切自然。

（三）禮與情

文言尚禮，白話重情，各擅勝場，毋須強分軒輊。況今也不是新舊矛盾衝突尖銳的時代，正不必執一廢百，劃地為牢，何妨開拓心胸，兼收並蓄。白話已成今日社會主流，以香港來說，政府公函於一九八零年代中期已棄用文言格式和用語而改採白話，舊式尺牘在社會上已從「日用」中退卻。然而，文言書信在式微之中，卻也正可作為次要、作為補充，發揮其「恭儉莊敬」的特色，呈現高華典雅的丰致，能白話所不能。至於為文者能否做到不為禮所束縛，從心所欲不踰矩，那就端視個人修為，文章是否言之有物，與文言還是白話無必然關係了。

明代謝肇淛《五雜俎》有〈古人不作寒暄書〉一條，批評時人所寫書信多為奉承俗濫之詞，而古人何嘗一味客套空洞。引錄如下：

古人不作寒暄書，其有關係時政及彼己情事，然後為書以通之，蓋自是一篇文字，非信手苟作者。如樂毅復燕昭王，楊惲報孫會宗，太史公復任少卿，李陵與蘇中郎，千載之下，讀其言，反覆其意，未嘗不為之潸然出涕者，傳之不朽，良有以也。下此魯連之射聊城，已墜縱橫之咳唾；鄒陽之上獄書，不過幽憤之哀詞。君子猶無取焉，況其他乎？自晉以還，始尚小牘，然不過代將命之詞，敍往復之事耳。言既不文，事無可紀。而或以高賢見賞，或以書翰為珍，非故傳之也。今人連篇累牘，半是頌德之諛言，尺紙八行，無非温凊之俚語，而災之梨棗，欲以傳後，其不知恥也亦甚矣。

劉勰《文心雕龍．書記》云：「詳總書體，本在盡言，言所以散鬱陶，託風采，故宜條暢以任氣，優柔以懌懷；文明從容，亦心聲之獻酬也。」此書信之所以在「盡言」，而「任氣」、「懌懷」也就是暢所欲言，全發乎「心聲」了。誠如謝肇淛所舉例，「太史公復任少卿」、「李陵與蘇中郎」等，皆千古傳誦，古人名牘亦每多以「頓首」開端，以「頓首」結束，幾見其規行矩步。讀者想必也十分熟悉的史可法〈復多爾袞書〉、李白〈與韓荊州書〉，以至近世作尺牘教材的《秋水軒尺牘》、《雪鴻軒尺牘》，率皆不拘繩墨、酣暢淋漓。

但話也得說回來，李白給韓荊州寫信自薦，結果這是落空的，文章不朽，但仕途未通，是正面教材還是反面教材，就不好說了。讀者尚鑒之。

曾憲冠

註釋：

[1] 開首稱呼受信人名字、稱謂，「大鑒」是請對方看信的意思。文言文無標點，僅以圈和點斷句，現為方便起見，只用圈。

[2] 韓愈〈殿中少監馬君墓誌〉：「翠竹碧梧，鸞鵠停峙，能守其業者也。」舊時尺牘，凡稱呼受信人或提到與其相關之人和事，例須抬頭書寫。此句讚美受信人丰姿，採用另行頂格的抬頭方式，但仍低受信人名字一格，其餘正文則較受信人名字低兩格。

[3] 杜甫《春日憶李白》：「渭北春天樹，江東日暮雲。」言與友天各一方，思慕不已。注意：文言文以用典為高，此處一句一典，而且兩句對偶，兼平仄諧協。

[4] 「辰」即時之意。注意：行文應盡量避免常用字，以顯高雅。「維」就是想的意思。

[5] 稱呼受信人須抬頭，自稱則應謙遜。發信人自居為「弟」，並且側寫。

[6] 「蛾術無方」，是說自己無以成大學問；「兔株坐誤」，言光陰虛度而無所得。此處又是兩個典故，亦作偶對。

[7] 再來一對偶句，而此處則是兩個複句而成偶對。東漢時，范巨卿與張元伯為好友，范為不爽造訪之約，不惜自殺為鬼，日行千里，以抵張家，世稱范張之交。晉朝時，呂安仰慕稽康風度，每一想起康，便命駕千里而往。

[8] 「鴻便」，即書信。

[9] 楮為製造紙張之植物，借楮以代紙。「臨楮」，即對着信紙寫信。

[10]「專肅」，特別恭敬地寫這封信給您。

[11]「日祺」，時時吉祥。祝福之語可隨季節而改，也因受信人身份而有所不同。例如，向軍人，可用「敬請戎安」。

[12]「垂察」，謙詞。請受信人閱覽了解，對方居上而發信人在下，故言「垂」。「日祺」、「垂察」與受信人相關，故須抬頭。

[13]「同學弟」側寫，以示謙遜。「手啟」，即親自陳述。

曾憲冠，文字工作者，從事編輯、翻譯、撰述工作多年，現職文書。著作：《歡迎翻印　以廣流傳》、《吟到梅花句亦香》；翻譯：《香港優勢》、《明清社會和禮儀》。

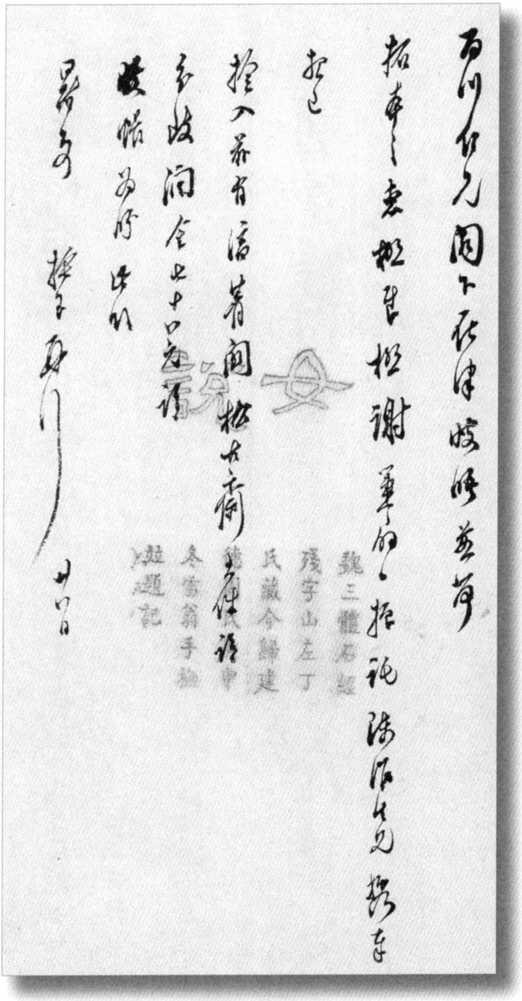

羅振玉尺牘

前与杉坡言分任蒋百里负债每月
三十元许一词杉坡当与由伺交之印
告举一每月四发向新等中抽送
此上
秉均吾弟
冬稻诗将钞

任公

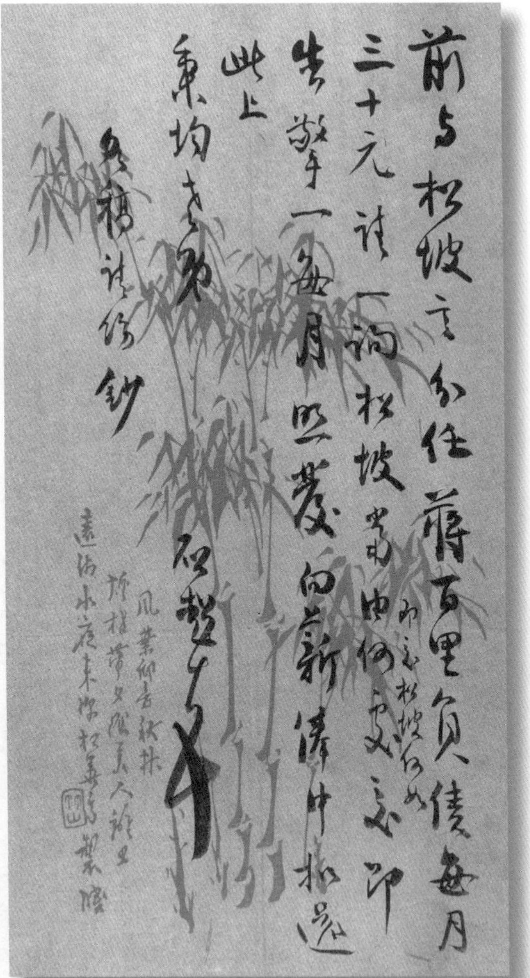

梁啟超尺牘

榆生先生：會稽周氏藏淡齋本 碑文

上月得手書，尚未奉覆為歉。前已以另筆致北行
之東，想已早已勿藥矣。近狀何如，常以為念。天氣漸
寒，務祈如意攝衛，是為至要。北京不甚寒冷，但亦不甚
暖，似很久至二三月，下午即將特冷，玫瑰尚未在芳庭，
尚客中卻早已出九月。弟……不盡所語。

近安

十二月十四日　弟作人 〔印〕

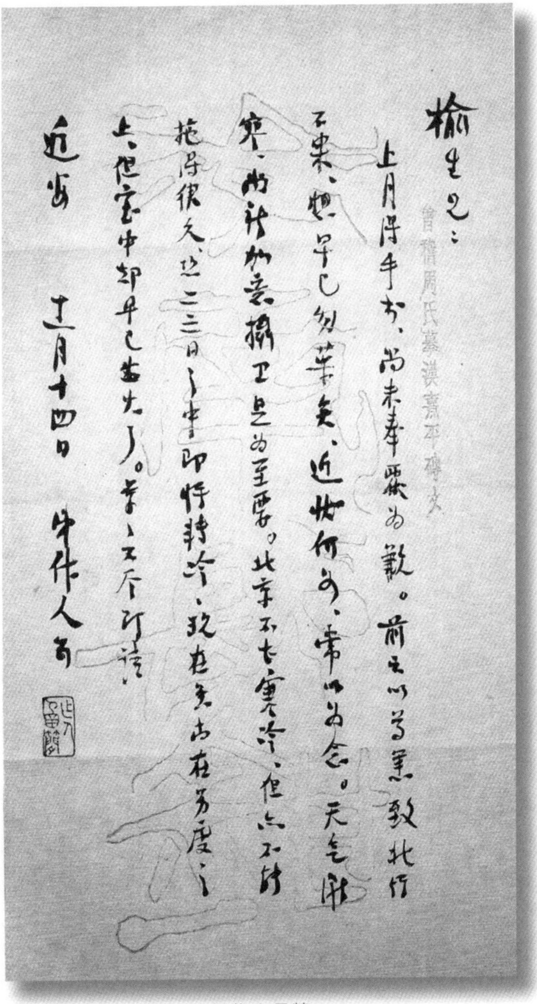

周作人尺牘

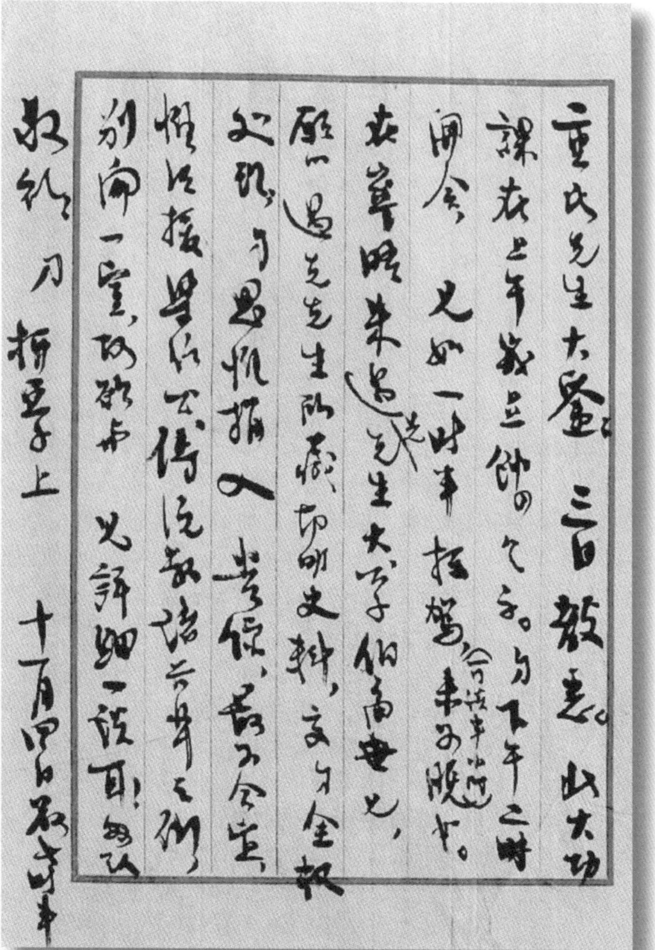

柳亞子尺牘

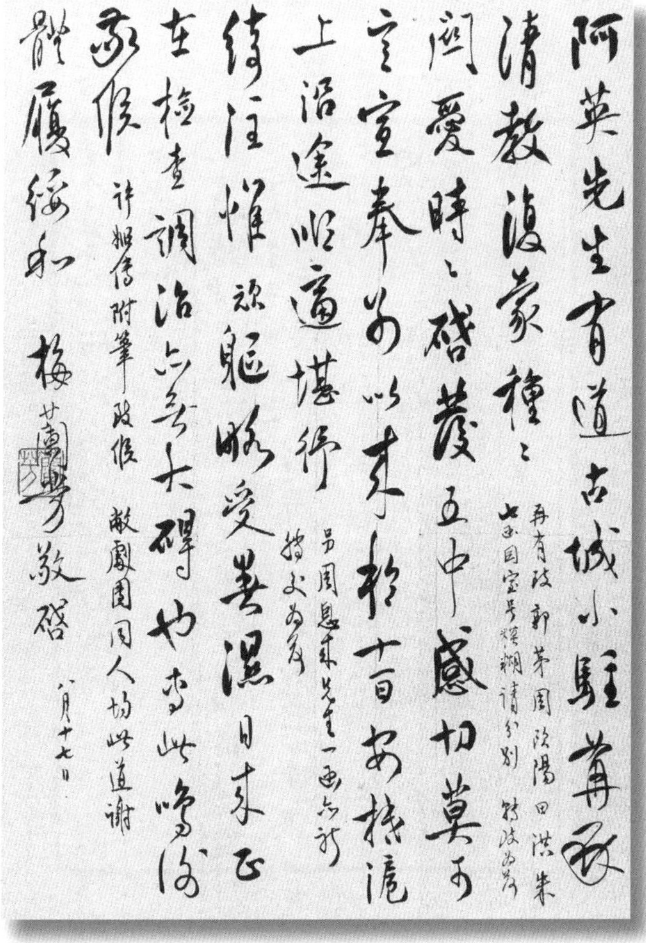

阿英先生有道：古城小駐，荷承清教，復蒙種種關愛，時時啟發，五中感切，莫可言宣。奉別以來，十日安抵滬上，沿途順適，堪紓綺注。惟賤軀略受暑濕，日來已在檢查調治，亦無大礙也。專此鳴謝，敬候撰履綏和。

再有致鄭、茅、周、陽、田、洪、朱[illegible]請分別轉致為荷。

另周恩來先生一函亦祈轉交為感。

許姬傳附筆致候　敝劇團同人均此道謝

梅蘭芳敬啟　八月十七日

梅蘭芳尺牘

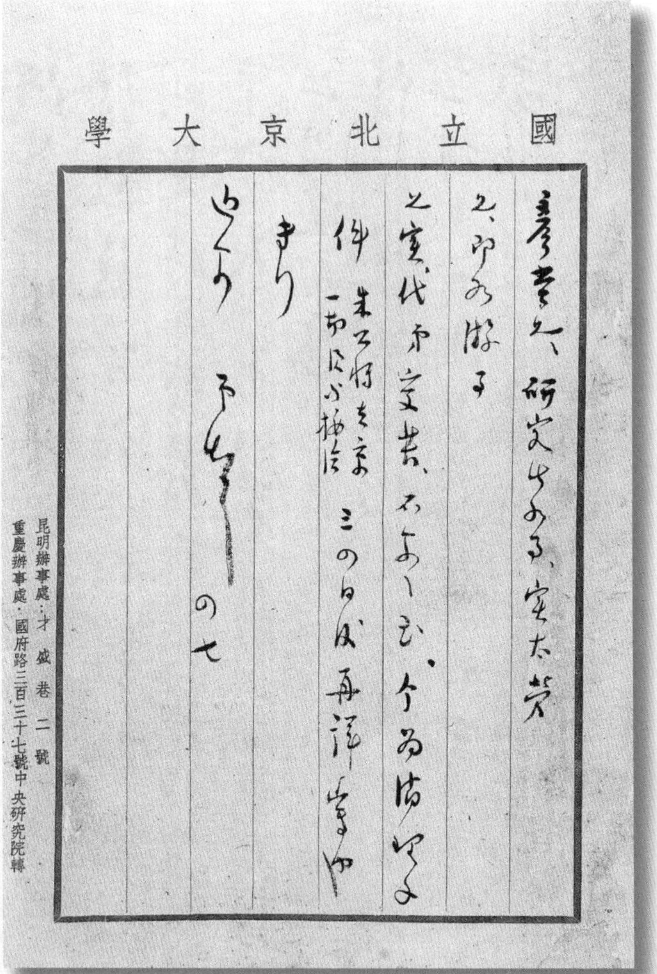
國立北京大學

昆明辦事處：才盛巷二號
重慶辦事處：國府路三百二十七號中央研究院轉

傅斯年尺牘

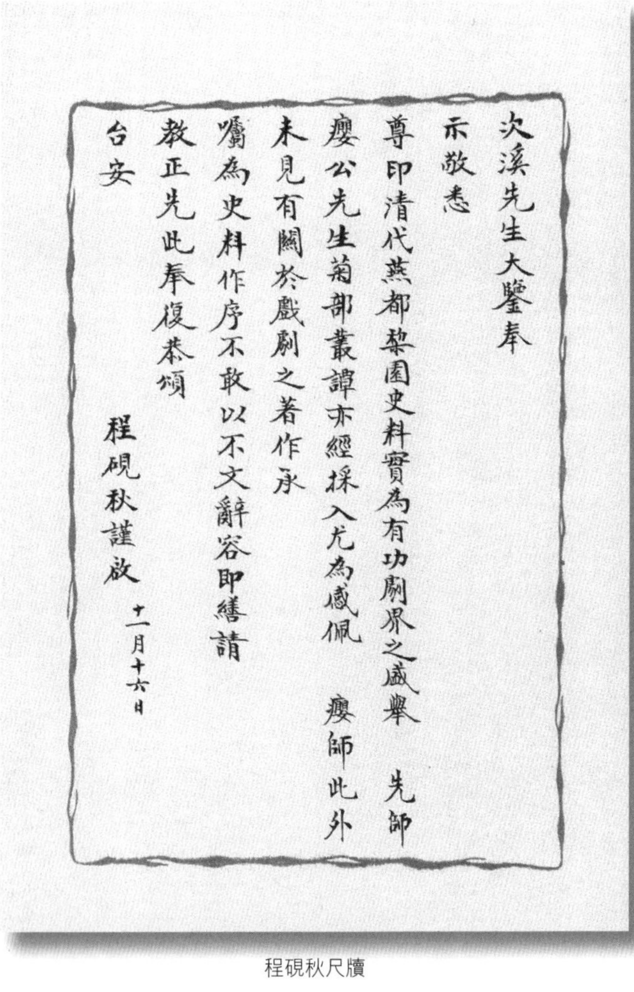

次溪先生大鑒奉
示敬悉
尊印清代燕都梨園史料實為有功劇界之盛舉　先師
瘦公先生菊部叢譚亦經採入尤為感佩　瘦師此外
未見有關於戲劇之著作承
囑為史料作序不敢以不文辭容即繕請
教正先此奉復恭頌
台安
程硯秋謹啟　十二月十六日

程硯秋尺牘

通候類

一、致商會主席——通候起居佇聞明教

某某先生大鑒：別來數月，恍若三秋。遙企
光儀，我懷曷已。敬維
履祺懋介，譽望光昭；為商界之偉人，作團體之領袖。宜乎風聞中外，交口稱譽，
翹首
清暉，以頌以慰。弟京口[1]僑居，疏才自愧。方今時事日亟，商戰益形吃緊，雖有奮發之心，究少經營之力。
先生對於實業，提倡有年，鴻籌碩劃，社會人士，口碑[2]載道，未知將何以教我？
不禁拭目[3]俟之！耑此奉候，祗頌
大安！

弟某某敬啟　月　日

註釋

1 京口　地名，即今江蘇鎮江，以京峴山得名。
2 口碑　人口所傳誦者也。《五燈會元．永州太平安禪師》：「路上行人口似碑。」
3 拭目　謂有所欲見之事，恐目不及而預拭之，以詳為觀察也。

前函（白話文）

某某先生：

分別才幾個月，好像隔了三年，遙想風采，覺得懷念不已。近來你起居一定很好，聲譽也一天天高起來，既做着商界中的偉人，又擔任着團體間的領袖，怪不得中外人士，聽得風聲，都要大家推重你了。我僑居鎮江，自愧缺少才學，不能有甚麼進步。但現在時局日漸嚴重，商戰格外吃緊，我雖然奮發有心，可是沒有經營的力量。你提倡實業已有多年，許多偉大的計劃，早為社會人士共同仰慕，不知有何見教，使我可以有努力的機會？真是揩着雙眼，天天望着呢！敬祝

健康！

弟某某　月　日

二、覆前函——目光遠大會當合作

某某先生大鑒：數月闊別，企念良殷，忽奉

琅函，藉稔

起居勝常，至為欣慰。目下列強環伺，國步維艱，非集中力量，無以圖存，而振興實業，使漏卮[1]不溢，實為培養國力之一途。弟才力綿薄[2]，端賴各界共同提倡，庶克有濟。吾

兄有志於此，極佩目光之遠大，如有機緣，會當請

兄合作耳。某忝任商會主席，自慚駑駘，未有建樹。來書

獎飾過當，不覺令人汗顏矣。專覆，即頌

台綏！

弟某某謹覆　月　日

註釋

1 漏巵　滲漏之酒器。《淮南子・泛論訓》：「溜水足以溢壺榼，而江河不能實漏巵。」今以喻利權之外溢。

2 綿薄　言力之薄弱也。《漢書・嚴助傳》：「越人綿力薄材，不能陸戰。」

前函（白話文）

某某先生：

幾個月沒有見面，正在非常惦念，忽然接到你的來信，因此知道你近來起居很好，勝過以前，很是快活和安慰。現在列強環伺在旁，國運一天艱難一天，若不把全國力量集中起來，我們國家根本就不能立足在世界上，所以振興實業，使利權不至外溢，實在也是培養國力的一條路徑。我一個人力量有限，還要靠着各界人士，大家來努力提倡，才有相當的效力。老兄對於此種事務很是有心，極是佩服你目光的遠大，倘是有甚麼機會，一定要請你加入合作。我目下擔任商會主席，慚愧沒有甚麼表現，來信嘉獎太過，反使我十分的慚愧。特此寫信奉覆，祝你

安樂！

某某某　月　日

三、致經商海外友人——問候近況陳述國情

某某吾兄先生惠鑒：違
教以來，忽忽五載。吾
兄滄波萬里，遠涉重洋，挾陶朱[1]之術，作汗漫[2]之遊。比聞　台駕在南洋一帶聲譽頗著，事業日隆，當地僑商，莫不奉為巨擘[3]。海天浩淼[4]，仰企
芝暉，神往不已。至於國內情形，近來已突飛猛晉，大非昔比，蓋全國上下，皆能精誠團結，而各種建設，亦在努力邁進之中。諒海外僑胞，聞祖國復興之訊，其必臨風鼓舞，喜不自禁也。近況如何？風便尚祈
賜示一二，以慰遠念為荷！專此布候，即頌
旅安！

某某謹啟

月　日

註釋

1 陶朱　《史記．貨殖列傳》：「（范蠡）變名易姓……之陶，為朱公……治產積居……十九年之中，三致千金……子孫修業而息之，遂至巨萬。故言富者，皆稱陶朱公。」

2 汗漫　《淮南子．道應訓》：「吾與汗漫期於九垓之外。」註：「汗漫，不可知之也。」

3 巨擘　大指也。謂傑於眾，如大指異於他指也。《孟子．滕文公下》：「於齊國之士，吾必以仲子為巨擘焉。」

4 浩淼　水大貌。淼音眇。

前函（白話文）

某某先生：

沒有和你見面，不覺已有五年了。你不遠萬里，渡過重洋，到海外去經商，聽說近來在南洋一帶名譽非常之好，經營的事業也蒸蒸日上，當地華僑商人，都算你首屈一指，真是不容易呀。至於國內情形，現在進步之速，出人意外，遠不是從前可比，因為全國上下的人們，大家一致精誠團結，而各種建設，也在努力進行之中，因此氣象一新，不是以前的暮氣重重可比了。吾知道海外僑胞，倘是聽到祖國復興的消息，一定要歡喜鼓舞，情不自禁咧。你近來情況怎樣？有便的時候，還請你函告一二，以慰遠念，那是很盼望的。敬祝

旅居安吉！

某某某　月　日

四、覆前函——幸賜南針俾有遵循

某某先生大鑒：遠離祖國，五載於茲。頃獲
大札，如聞
足音[1]。近稔　財祉綏和，台候安吉，為頌無量。弟刻在南洋一帶，所營事業，雖幸獲粗具規模，惟尚賴
南針時錫，俾有遵循耳。承
示祖國近況，日臻復興，快慰奚似。蓋祖國復興之日，即僑胞揚眉吐氣之時也。至弟近況粗安，堪釋　錦注。魚鱗有便，還望時
賜好音，以慰羈人[2]，則幸甚矣。專此奉覆，即頌
台安！

某某敬覆　月　日

註釋

1 足音　《莊子．徐無鬼》：「夫逃虛空者……聞人足音，跫然而喜矣。」黃庭堅詩：「別後寄詩能慰我，似逃空谷聽人聲。」

2 羈人　謂旅客也。

前函（白話文）

某某先生：

很遠的離開祖國，到現在已經五年了。方才接到你的大札，拜讀之下，好像空谷足音，快活非常。最近知道你財運甚佳，起居安好，真真無量的頌禱。我目下在南洋一帶，所經營的事業，總算有了一點規模，可是還希望你常常賜教，使我有軌道可循呢。承你告訴我祖國最近情況，已一天一天走上復興的途徑，好不快活安慰。要知道如果祖國一旦復興，也就是僑胞在海外揚眉吐氣的日子了。我近況還好，請你勿念。你倘是有便，常常寫信給我，來安慰遠適異地的旅客。敬祝

健康！

某某某　月　日

五、店主致經理——調度有方慰問備至

某某經理先生大鑒：分袂[1]以來，倏經匝月，寸衷繫戀[2]，尺素難宣。比維

興居佳暢，至慰所懷。一昨某君來舍，談及店事，知

執事調度有方，經營得宜，近日營業蒸蒸日上，良為欣慰。某此間諸事，漸次就緒，大約下月中旬，便可摒擋南下，一視店務，屆時又可把臂言歡，一傾積愫矣。偏勞[3]之處，容再圖謝。專此布候，即頌

籌祺！

某某敬啟 月 日

註釋

1 分袂 袂，袖也。兩相離別曰分袂。

2 繫戀 掛念也。

3 偏勞　獨勞也。

前函（白話文）

某某先生：

　分離到如今，一霎時已經一月了，心裏的掛念，簡直不是信裏寫得出來的。近來想你一定起居舒適，很是安慰。昨天某君到我家裏來，談起店裏的事情，知道你處理得井井有條，生意非常會做，因此近來營業一天天發達起來，我聽到這個消息，好不快活，真是何幸得到你這樣一個能幹的經理。我此地許多事情，已漸漸要辦好了，大約下月中旬左右，就可以收拾南下，看看店務，到那時又可以大家握手言歡，暢談心曲了。一切的事情，由你一人偏勞，很是過意不去，只好慢慢的想法答謝你吧。敬祝

安好！

某某某　月　日

六、經理致店主——幸蒙甄陶得免隕越

某某東翁先生賜鑒：叩別
尊顏，至深渴念。近維
財源茂盛，時祉麻祥，慰如所頌。晚材本下駟，數年以來，辱承
垂愛，獲侍　左右，經理店務，幸蒙
甄陶，得免隕越，私衷感激，非可言宣。目下市面不景[1]，幸賴諸同仁之襄助，尚
得維持；過蒙　獎飾，益增慚恧。店中應行興革之事，諸待
台端蒞臨指示。聆　教匪遙，餘容面陳。肅此奉覆，敬頌
崇安！

晚某某謹覆　月　日

註釋

1 不景　即不景氣也。

前函（白話文）

某某先生：

拜別你以後，非常想念。近來你一定財源茂盛，近況佳勝，像我所祝頌一樣。我本是一個無用之材，這幾年來，承你另眼相看，得在你身旁辦事，經理店裏的事務，幸而有你常常指示，方能沒有錯誤，心裏的感激，真是難以言語形容呢。現在市面不好，幸而靠各同事的幫助，還能夠維持，承您過份的獎勵，更加覺得慚愧了。店裏有許多應該興作和改革的事情，都要等待您來指點。現快要領受您的教訓了，其他的話，當面再陳，恭敬地覆您，祝您

康泰！

晚某某　月　日

七、致老友——春日問候

某某吾兄惠鑒：杏林絢錦，柳岸垂絲。枝頭弄好鳥之音，綺陌開晴光之晝。遙維財
祺晉吉，履祉延庥！觀春日之融和，喜春光之旖旎。一年之計，果在於春。不知
兄台於持籌握算之餘，亦猶憶及天涯故人否？弟碌碌如常，勞勞依舊。數年闊別，
遠隔
芝儀。雖疏尺素之通，實切寸衷之念，屢欲修函通候，輒因俗務羈身，歉仄之懷，
難以言宣。想金蘭[1]夙好，或能　曲原，不我遐棄。伏祈
惠賜教言，無任欣幸之至！肅此布達，臨穎神馳。祗請
春安！

某某敬啟　月　日

註釋

1 金蘭 言交友相投合也。《世說新語·賢媛》：「山公與嵇阮一面，契若金蘭。」

前函（白話文）

某某仁兄：

杏花已開得很盛，楊柳又發出了新絲，鳥兒不斷的在枝頭唱歌兒，田畝間又展開了一幅晴朗清明的圖畫。祝你生意好，身體平安！現在看看融和的春日，欣賞那旖旎的春光，一年的計劃，果然是在春天。你在店裏處理店務的時候，不知道尚還想到遠在他鄉的老朋友嗎？我仍舊和以前一般的勞勞碌碌。和你分別了三年，雖然沒有通過信，但是心裏是時常想念着的，屢次要想動筆來問候你，都為了些俗事中止，我抱歉的心思，真不能從筆尖上寫出來。想來我們是知己朋友，你或者能夠格外原諒，不會棄掉我的。請你寫封回信來，那我真快活光榮極了！特地寫這封信來表達我意，在動筆時非常的盼望着你！

祝你

春天快樂！

某某某

月　日

八、覆前函——追思昔遊輒為惆悵

某某吾兄惠鑒：計睽

雅範，倏已三年。慨歲月之蹉跎，驚韶光[1]之易逝。忽頌

琅簡，欣悉　起居。捧誦之餘，不勝快慰！而一書莫寄，兩地相思，彼此正復相同也！

弟處境無殊，年華日老，店中工作之餘，遊興至今尚健，每當良辰美景，深以不得與

老友共樂為憾！回思昔日之歡，輒為惆悵。翹首天末[2]，未卜何時再敘。肅此裁覆，

不盡所懷。祇頌

台安！

弟某某敬啟　月　日

註釋

1 韶光　春光也。春光甚美，亦以喻青年之歲月。

2 天末　天邊之意。

前函（白話文）

某某仁兄：

和你分別以後，忽忽已經過了三年。我正在感嘆着自己的蹉跎歲月，和青春的容易過去。忽然你寫來一信，才知道你的近況。我讀了之後，心裏十分的歡慰！至於音信不通，我們兩地的想念情形，彼此也是一樣的。我的境況也和從前一樣，但年紀卻一年大一年了！在工作之餘，遊覽的興致，卻到現在還很高，每當着良辰美景，往往因不能夠和老朋友一同快樂，心中覺得不快活。回想到從前快樂的情形，總是十分的悲感。我在這裏對天邊遠望，不知道在甚麼時候再能夠相敘！匆匆奉覆，說不盡我要說的話兒。祝你

平安！

某某某　月　日

九、致友人——夏日擬謁先函問候

某某先生雅鑒：荏苒駒光，麥瓜[1]又熟！敬維
鼎祺綏燕，履祉吉羊。弟健飯如常，足紓
垂念！惟是客途岑寂，溽暑困人，消夏有方，招涼乏侶。遙企
清暉，益覺回腸[2]百結矣！茲因號中公幹，下浣[3]有某地之行，屆時擬迂道趨謁，一
候 興居。遠道舊友，一旦相逢，諒蒙
欣然引進焉！傾懷有日，良晤匪遙，先此奉候，餘容面罄！敬頌
暑安！

某某敬啟 月 日

註釋

1 麥瓜 《四民月令》：「初伏薦麥瓜於祖禰。」

2 回腸　司馬遷文：「腸一日而九回。」
3 下浣　下旬也。

前函（白話文）

某某先生：

光陰過得真快，又到了夏天了！祝你起居安適，一切順利。我的身體很康健，足以告慰你的！不過客地非常寂寞，在這暑氣蒸人，屋子中像火一般熱的時候，雖然有那消夏的方法，可是缺乏那談心的朋友一同乘涼，遠遠地望着你，愈加使我心裏十分的憂悶了！現在因為店裏有事，我下旬將到某地去，到那時想繞道來拜候你的起居。遠路的老朋友，一旦大家碰到，想你一定很快活的接待我呢！我和你面會談心的日子已不遠了，先寫這封信來問候你，其他的等當面再説罷！祝你

炎夏平安！

某某某　月　日

一〇、覆前函——掃徑恭候先此奉覆

某某吾兄先生惠鑒：自違

光霽，倏已經年。每懷　關愛之情，彌切相思之念。頃頒

手教，藉悉　起居，捧誦之餘，曷勝快慰！弟自某歲到此以還，從前諸友，大半曠疏。

碌碌因人，卒卒鮮暇，終未能重聆

雅教，一傾積愫。今蒙　許於下浣

惠臨，快何如之？掃徑恭候，預漉家釀，請與

兄作十日之飲[1]耳！先此奉覆，藉代迎迓，並請

台安！

弟某某謹啟　月　日

註釋

1 十日之飲 《史記・范雎蔡澤列傳》：「秦昭王……遺平原君曰：『寡人聞君之高義，願與君為布衣之友，君幸過寡人，寡人願與君為十日之飲。』」

前函（白話文）

某某先生：

自從和你分別以後，又是夏天了。每次想到你關心垂愛的情形，更加使我想念了！現在蒙你寫信來，方才知道你的情形。讀了之後，心裏是如何的快樂啊！我自從那年到了這裏以後，從前的許多朋友，大半都已經荒疏了。忙忙碌碌的替人做事，竟沒有空閒的時候，所以不能重新再像以前的向你領教大家積在心中的話。可以在你下旬光臨時傾談，那使我怎樣的快活啊！我在這裏掃清道路，並且預先漉好家裏自製的酒，要和你痛痛快快地一同飲個幾天呢！現在先寫這封信來，代替我迎接你。祝你平安，我在這裏盼望着你來呢！

某某某　月　日

二、致友人——秋日未晤通候

某某仁兄先生台鑒：違別
丰標，倏經數月。　清談既接，渴念彌殷！際茲桂粟飄香，金波耀彩，伏念
興居集福，潭第[1]凝庥，翹企　芝暉，定符私頌！某前月南還，上旬北去，一歲光陰，
莫非消磨於車塵馬跡之間，自憐亦堪自笑！所幸賤體粗適，堪慰
廑注耳！惟是客店重過，高軒難遇；眄黃華以將放，望鴻簡而無來。瞻彼雲天，曷
勝蘊結，迢迢　良友，何以慰之？不棄葑菲，還希　德音毋靳。謹此奉候，恭請
秋安！

某某敬啟　月　日

註釋

1 潭第　潭潭，奧深貌。今稱他人之居曰潭第，或曰潭府。

前函（白話文）

某某仁兄：

和你分別以後，又是幾個月了！和你談了一次後，想念得很！在這桂樹飄香、秋月朗耀的時候，想你一定起居安適，府上全都平安，我在這裏遠遠的祝願着，想來一定能符合我的意思。我前月曾到南方來，上旬又到北方去，一年的時光，無非消磨在車馬之中，自己想想真是可憐也是可笑！幸而身體尚好，可以稍向你告慰的。不過我在重臨舊地的時候，沒有會到你，在這菊花將放的時候，等你的信又不見來。看那天空雲樹，心裏憂鬱得很，遠隔着的好朋友，怎樣來安慰安慰我呢？你假使不嫌我無能的話，那麼請不要吝嗇你的高論。特地寫信來問候你，祝你

秋天平安！

某某某　月　日

一二、覆前函——大駕重臨有失迎迓

某某先生執事[1]：久仰
芝暉，幸親　喬采。一見如故，歡若平生，只以　旌旆南旋，未得暢聆
雅教，自經判袂，時切懷思。序人授衣[2]，時當落葉，
正擬修書馳候，何圖
琅札先施，辱荷　垂注，尤見　盛情。日前
大駕重臨，正值他出，有失迎迓，歉仄萬分。
執事能者多勞，往還南北，宏譽日隆，令人欽羨；較之某跧[3]伏里門，相去奚啻霄壤
耶？魚鱗有便，時惠　德音，以慰拳拳，企禱無似！肅此奉覆。敬頌
崇安！

某某謹啟　月　日

註釋

1 執事　謂服務於人，供給使令者。書信中每用執事為對稱，以示謙遜之意；其用與「左右」略同。
2 授衣　《詩．豳風．七月》：「九月授衣。」
3 跧　音詮，伏也。

前函（白話文）

某某先生：

我早已欽佩着你的聲名，幸而和你碰面，與你一度相見，竟然和老朋友一般的知己了！這次你回到南方來，沒有和你會面談心，自從分別到現在，心裏非常想念你！現在已是九月，各種樹都落葉了，我正想寫信來問候你，哪裏知道你的信已先來了，蒙你十分關心，尤其感激你的厚情。前次你大駕到我這裏，恰巧我出去，沒有碰到，以致失迎，非常抱歉。你能者多勞，往來南北，名譽一天好一天，真使人欽佩羨慕，像我這樣的伏居故鄉，相去真不知多遠呢？假使有便的話，請你時常寄信來，安慰我的一片愚誠，那真十分的盼望的。特地寫這封信答覆你，祝你康泰！

某某某　月　日

一三、致新交——冬日問安

某某仁兄雅鑒：憶自邂逅首都[1]，得挹
芝暉，晨夕追隨，飽聆　雅教。竊念市廛傑士，湖海豪人，非我
公莫屬；欽紉之忱，曷可言宣？不圖驪歌[2]遽唱，行旌北返，河梁握別，不勝依依！
而轉瞬之間，又是朔風凜冽，簾雪飛花，人生當此，不能不嘆居諸[3]之迅速焉！
惟念萍水相逢，謬承　錯愛，而渭樹江雲，倍增企慕，倘蒙
在遠不遺，伏冀時賜　偉教！肅此布懷，即頌
冬安！伏維
垂照！

某某敬啟　月　日

註釋

1　首都　這裏指南京。

2 驪歌 告別之歌。

3 居諸 光陰也。《詩．邶風．日月》：「日居月諸。」

前函（白話文）

某某仁兄：

自從和你在這裏偶然碰到之後，早夜追隨着你，聽到不少的高論，我想你真是商界傑出人才，五湖四海中的豪人，佩服你和想念你的心思，哪裏能説得盡？誰料突然分別，你回到北方去了，當我送你的時候，真是依依不捨呢！現在一忽兒的工夫，又是北風呼呼、空氣嚴寒的天氣了！雪花飄向簾子上來。一個人在這種景象之下，不得不感嘆光陰的迅速了！不過想我和你萍水相逢，承蒙你錯愛，所以對你特別想念和羨慕。假使你在遠方不棄我，請常寫信給我！特地寫信來表白我胸中的思想。

祝你

冬天快樂！並且請你鑒察我的至誠！

某某某 月 日

一四、覆前函——望賜尺一以慰渴慕

某某先生執事：自別

丰範，倏又嚴冬。憶自抵號以來，困於冗俗，遂稽箋候，歉仄何似？正深繫念，忽接

手書，敬譒　履祉綏和，財祺亨吉，無任欣忭。晚事繁才短，碌碌依然，承蒙

眷注，感泐五內。惟望

尺一[1]時錫，以匡不逮，而慰渴慕，則感甚幸甚！謹此奉覆。祇頌

年釐！

晚某某敬上

月　日

註釋

1 尺一　古之詔版尺有一寸，書牘亦然，故今稱人之書牘。亦曰尺一。

前函（白話文）

某某先生：

自從和你分別以後，忽忽已是冬天了。因為到了號裏以後，為俗事所牽，所以沒有寫信通候，心裏十分抱歉！正在殷殷想念，忽然承蒙你寫信來，知道你身體很好，生意也極好，使我十分安慰，快樂之至！我能力薄弱，事情又繁，仍是那樣的庸庸碌碌，承你關懷，心裏很是感激！希望你不要吝惜書信，來指正我不對的地方，並且安慰我的想念。那麼感激光榮之至！特地寫信奉覆。祝你

年禧！

某某某 月 日

一五、致同業——通候並推廣營業

執事先生大鑒：久未奉　教，渴念良殷。比維

營業鼎盛[1]，聲譽發揚，定符鄙頌！邇來小號各貨準備充足，售價特別低廉，以廣招

徠而利推銷。素蒙　雅愛，還祈源源　惠顧！茲奉呈最近價目單，即希

台閱！耑此布達，藉頌

財祺！

某某號謹啟　月　日

註釋

1　鼎盛　方當富盛之時也，《漢書．賈誼傳》：「天子春秋鼎盛。」

前函（白話文）

某某寶號執事先生：

好久不晤教，非常想念。近想貴號營業發達，名譽發揚，照我們祝頌的一樣！現在敝號準備了許多特價品，廉價發售，以便推銷。素來承蒙雅愛，還望常常照顧！附上最新價目單，請為察閱！恭祝

財源鼎盛！

某某某　月　日

一六、覆前函——答候並請往來

執事先生惠鑒：久未奉候，正切懷思，忽奉
華箋，欣稔　經營得利，快慰何如！承　寄價目單，披閱之下，有某某等貨，敝號樂於推銷，但亦須發往外埠；關於貨款一節，用是未能現付。為特專函奉商，請為往來，俾得陸續付款，以利進行。如蒙
信用[1]，希照敝單配發為荷！專此，順頌
籌安！

某某號敬覆　月　日

註釋

1　信用　經濟學名詞，對於他人信任其能守約束之謂。有對人、對物兩種。

前函（白話文）

某某寶號執事先生：

好久沒有奉候你們，正在懷念，忽接來信，知道你們營業得利，很是快慰！承寄來的價目單，看了以後，有許多貨都可推銷，但因為要發到外埠，因此貨款不能夠現付，所以特地同你們商量，請做個往來，使我們可以陸續付款，便利進行。倘使承你們信用，請照來單配就寄下！恭祝

營業順利！

某某號 月 日

慶賀類

一、致某號——賀開張

某某寶號執事先生足下：久疏
雅教，時念興居[1]。欣聞月之某日，為
寶號開張之吉。際此
鴻圖甫闢，駿業維新。百貨雲屯[2]，千金日進。聲譽廣傳商界，經營媲美陶朱。前途之發達，定可預操左券[3]也。弟故步自封[4]，毫無建樹，韶華虛度，壓線年年，持較我
兄，殊覺相形見絀耳。邇來店務冗忙，未克躬趨道賀，歉仄奚如？謹具賀幛，聊申
微意，尚祈
哂納是荷！專此，敬頌
財祺！

弟某某敬啟　月　日

註釋

1 興居　起居也。
2 雲屯　言蔚聚如雲也。
3 預操左券　券，契約也，分為左右，各執其一，以為信也。喻其事可預決，如持契約取物一般。《史記．田敬仲完世家》：「常執左券，以責於秦韓。」
4 故步自封　無進步之謂。

前函（白話文）

某某先生：

好久沒有領教，時常想起你的起居，聽得本月某日，是寶號開張的佳期，當此鴻大的計劃，剛才開始，必有一番新事業做出來。各種貨物囤積在店內，好像雲的蔚聚一樣，而生意的興隆，也有日進千金的形勢。將來一定可以在商界立下很好的聲譽，媲美吾國古時的商業專家陶朱公。前途的發達，當然可以預卜了。我虛度了許多光陰，依然沒有進步，毫無發展，仍依賴他人過活而已，和你比較起來，委實愈覺相形見絀了。近來店裏的事務比較忙一些，不能夠親自前來道賀，非常抱歉。特地送上賀幛一軸，聊表我一點心意，請你笑納了吧？祝你

平安！

弟某某　月　日

二、覆前函——敬謝隆儀並請指導

某某先生惠鑒：久隔

台暉，彌殷渴想。猥以敝號新張，辱荷

雲箋[1]下頒，藻飾[2]備至，不覺感慚交並。復承　惠以賀幛，隆儀厚貺，益令人感激難宣也。敝號新張伊始，一切草創，諸待各界之指導，俾得逐漸改善。

先生商界先進，經驗宏深，尚望時錫

南針，隨時提挈，使敝號得追隨

寶號之後，營業得有寸進，則不特敝號之拜賜，亦國貨界之幸也。專覆，敬頌

財安！

某某號敬覆　月　日

註釋

1 雲箋　稱人書信。唐韋陟嘗作雲書。
2 藻飾　以文字頌揚也。

前函（白話文）

某某先生：

隔離了你的光暉，已經很久，心裏懷念，愈加深切了。承蒙你為了敝號新張，寄信祝賀，文字中間，非常頌揚，真使我既是感激，又是慚愧。而且又蒙你惠賜賀幛一軸，這樣隆重的禮物，更加令人感激得説不出了。敝號剛才開張，正在草創，許多事情，都要靠着各界的指導，才可以慢慢地改革進步。你是商界中很有聲望的人，經驗很富，還望隨時提攜提攜，使敝號得以追隨寶號之後，營業一天天進步起來，那不但是敝號受賜，實在也是國貨界的幸福啊！特此寫這封回信，謝謝你的厚意。恭祝

財安！

某某號　月　日

三、致友人——賀任公司經理

某某先生大鑒：積月未晤

音譚[1]，願言[2]曷既。比維　籌祺暢吉，欣以為頌。茲聞月之某日，為

貴公司開幕之期，

執事以槃槃大才，榮膺經理之職，前途展布，未可限量！此不特為執事賀，亦為

貴公司得人慶也。弟頻年碌碌，浪擲駒光[3]，乏善足陳，曷勝愧恧。幸頑軀粗適，差

堪告慰耳。附上鏡架一具，尚希

哂納為荷！專此，敬頌

台祺！

弟某某啟事　月　日

註釋

1 音譚　即說話之謂。

4 願言　時常語及也。《詩．邶風．二子乘舟》：「願言思子。」

3 駒光　喻光陰如白駒過隙，極言其速也。

前函（白話文）

某某先生：

沒有同你面談，不覺已積了幾個月，心裏好不想念！只有祝你近來一切計劃進行格外順利。現在聽得本月某日，是貴公司開幕的日子，有你這樣大才槃槃的人擔任經理，前途的發展，一定沒有限量。這是不但替你恭賀，也是替貴公司得到能幹的人才慶幸呢。我年來依舊碌碌因人，徒然虛擲了許多光陰，毫無善狀可說，真是慚愧之至！幸而我的身體還好，這是可以告訴你使你安慰的。附上一個鏡架，請你笑收了吧！祝你

平安！

弟某某　月　日

四、覆前函——請賜教言以匡不逮

某某先生閣下：自別

芝暉，彌殷葵向[1]。昨承

惠翰[2]，猥以某擔任敝公司經理，荷蒙

吉詞寵錫，隆貺遙頌，感謝感謝。敝公司自去秋籌備以來，至近時始告成立；其營業專以推銷國貨為主，將來稍有發展，尚擬推廣於全國各埠，及南洋一帶，弟承乏[3]經理之職，自愧庸才，鮮有經驗，責重才輕，時以不克勝任為慮。倘不遐棄，

還冀　時惠教言，以匡不逮，曷勝企禱之至！耑此布覆，敬頌

台安

弟某某敬覆　月　日

註釋

1 彌殷葵向　彌殷，更深切也。謂心意向慕，如葵花向日也。

2 翰　文詞曰翰，指人之書信。

3 承乏　謂因缺人而由我承充之也。《左傳・成公二年》：「攝官承乏。」

前函（白話文）

某某先生：

自從離開了你，我的心裏愈加向慕，好像葵花的向日一般。昨天承蒙你寫信給我，因我擔任了本公司經理之職，賜了許多吉利的言詞，並且又老遠送給我禮物，真是十分感謝。敝公司自從去年秋天籌備以來，到最近才算宣告成立。我們的營業，是專門以推銷國貨為主體，將來如果稍有些發展，還預推廣到全國各埠，以及南洋一帶呢。我雖然做了經理，可是自愧無能，又少經驗，責任重而才具小，時常恐懼着不克勝任。倘是蒙你不棄，還請你常常賜教，指導我不及之處，這是我萬分希望

和祝禱的。祝你
平安！

某某某
月
日

五、致友人——賀任工廠廠長

某某先生台鑒：別來三閱[1]月矣。山河修阻，魚雁鮮通，悵望音塵[2]，時縈夢轂[3]。頃自某地抵此，晤及某君，始知執事最近榮任某某工廠之廠長，從茲黃鵠摩風[4]，盡有回翔之餘地矣。遡聽之下，曷勝欣忭！惟吾國工業落後，入超年增，欲與人競爭，非先從改良出品着手，實屬徒然。所幸執事工業界前輩，學識豐富，將來出品，必能駕舶來品而上，此可預卜也。特此馳賀，敬頌

籌安！

弟某某謹啟　月　日

註釋

1 閱　經過也。
2 音塵　猶言聲音笑貌也。
3 時縈夢轂　謂夢寐中亦紀念也。
4 黃鵠摩風　一飛沖天之意。《戰國策・楚策四》：「（黃鵠）奮其六翮而凌清風。」

前函（白話文）

某某先生：

　　分別以來，已經過了三個月了，因為路途阻隔，書信少通，常常想起你的聲音笑貌，夢寐之中，也十分的惦念着呢。方才從某地到此地來，遇見某君，才知道你最近榮任了某某工廠廠長，從此以後，像黃鵠沖天，盡有回翔的餘地了。我聽到這個消息，好不快活。不過吾國工業落後，輸入外貨，一年年增加起來，要與人競爭，非先從改良出品着手，實在沒有用處。幸得像你這樣人才，主持其事，又是工業界的前輩，學識非常豐富，將來貴廠的出品，一定比舶來品來得好，這是可以預料的。
因此特地寫這封信來賀賀你。祝你
平安！

某某某　月　日

六、覆前函——愛我良深請賜教言

某某先生大鑒：三月暌違[1]，思與時積。頃奉
手教，快慰如何。猥以擔任廠長，辱承
遠寄賀函，且賜箴言[2]，具見
知己者愛我之深；感激之私，寧有涯涘。現我國工業，方在萌芽，非埋頭苦幹，難期成績。弟蒙某某先生謬採虛聲[3]，堅以此職相委，屢辭不獲，勉為擔任，綆短汲深[4]，時虞隕越。尚祈
南針時錫，俾獲遵循，尤深感紉！專此覆謝，敬頌
大安！

弟某某謹覆　月　日

註釋

1 暌違　離隔之義。何遜詩：「一朝異言宴，萬里就暌違。」
2 箴言　規誡之言也。
3 虛聲　無實之聲譽。《後漢書．黃瓊傳》：「俗論皆言處士純盜虛聲。」
4 綆短汲深　喻小才不堪任重也。《荀子．榮辱》：「短綆不可以汲深井之泉。」

前函（白話文）

某某先生：

別離了三個月，思念你的情緒，一天一天增加了。剛才得到你的來信，好不快活和安慰。承你因為我最近擔任了本廠的廠長，老遠的寫信祝賀，還賜給我許多有益的說話，足見你是我的知己，才能這樣愛我，心中的感激，真是沒有窮盡呢。現在我國的工業，方在萌芽時代，不是下一番工夫，去埋頭苦幹，很難得到相當的成績。我此次承蒙某某先生以我一點虛名，一定要我擔任這個位置，辭了幾次辭不掉，只得勉強擔任下來，可是井深繩短，才力微薄，時常恐怕要有顛墜的憂慮，還請你

常常賜教，使我可以依照你的指示做去，那是更為感激了。祝你
諸事順適！

弟某某上
月　日

七、致某號——賀喬遷

某某寶號大鑒：敬啟者，頃接

來翰，欣悉月之某日，為

寶號喬遷[1]之期。即五都[2]而列肆，居九逵[3]而開張。敬維

生涯鼎盛，財祉豐亨，車水馬龍[4]，交易自超於往昔；肩摩轂擊[5]，延攬不待夫招徠。

從此霞集雲蒸，駸駸[6]不已，臨風羨仰，莫可言宣。弟於下月初，將赴

尊處辦貨，當晉前一瞻　輪奐[7]之美。茲先具呈錦幛一軸，聊表寸忱，伏維

莞納[8]為荷！專此奉賀，不備，不莊。敬頌

財安！

某某號敬上　月　日

註釋

1 喬遷　《詩．小雅．伐木》：「出自幽谷，遷於喬木。」
2 五都　喻熱鬧之所。
3 逵　九逵之地。
4 車水馬龍　軍馬紛雜往來不絕貌。
5 肩摩轂擊　言人多交通擁擠，至於肩相摩轂相擊。轂音谷，車之概稱，或云輪之中為轂。
6 駸駸　馬馳甚速也，喻進步迅速之意。
7 輪奐　《禮記．檀弓》：「晉獻文子成室……張老曰：『美哉輪焉，美哉奐焉。』」
8 莞納　笑受。《論語．陽貨》：「夫子莞爾而笑曰。」

前函（白話文）

某某先生：

方才接到來信，知道寶號在本月某日喬遷。到那交通便利、熱鬧繁華的地方去設店開張，敬祝生意興隆，利潤豐厚，顧客盈門，車如流水，馬如游龍，營業當然要比以前來得好了！而且那裏交通便利，人多擁擠，肩相摩，車相碰，也用不到去招徠，顧客自然會走來。從此以後，一切一定十分順利，一天比一天發達了，我在這兒真是羡慕得很呢！下月初旬，我要到你那裏來辦貨，可以看一看那精美的房屋。現在特地先送上一軸錦幛，稍微表示我的一些意思，請你收下了罷！這樣草率的來祝賀，真是太簡陋太不莊重了！敬祝

生涯發達！

某某號　月　日

八、覆前函——屋宇不敷市面冷落故而遷徙

某某先生執事：敬覆者，小號前以地段冷落，門市不興，屋宇狹隘，不敷居處，故而轉徙於此。然簡陋清淡，正無殊異，乃蒙嘉詞遙頌，慚恧曷極？承勞珍賜，謹張壁間，以昭　光寵。仰承　隆儀，謹謝謹謝！專此布覆，即頌
大安！

某某號某某拜啟　月　日

前函（白話文）

某某先生：

本店這次的遷移，因為以前店址的地段冷落，門市不大興盛，又因為屋子太狹

小，不夠居住，所以搬到這裏。但是和以前一樣的簡陋清淡，倒蒙你用好話來祝賀，真是慚愧得很。承你送給此間的禮物，很恭敬地把它張掛在壁上，使得大家知道你光榮的厚賜！謝謝！祝你

安康！

某某號某某　月　日

九、致友人——賀畢業

某某學長兄雅鑒：昔年共硯[1]，教益時承；正切心儀，忽傳吉報。藉譾貴校本學期舉行畢業典禮，吾兄成績最優，得冠多士，欣甚，羨甚。弟中學畢業，即棄學就商，歲月虛糜，一無成就，以視吾兄之卒業大學，學識優長，前程猛晉者，正未可道里計也。大駕何日錦旋[2]？此後之方針如何？風便幸希示知為盼！專此布達，敬候文祺！

弟某某敬啟　月　日

註釋

1 共硯　同學也。

2 錦旋　謂衣錦回鄉也。

前函（白話文）

某某仁兄：

回想從前同學的時候，常常研究切磋，非常親愛，得到你益處的地方，真是不少。心裏正在萬分嚮往和憶念的時候，忽然好音傳來。貴校這次舉行畢業典禮，老兄竟以最優等的成績，名列前茅，聽聞之下，既是快活，又是羡慕。我在中學畢業後，即便棄學就商，虛度了許多年月，依舊一無所成，像你畢業大學，學識優長，將來的希望正是無窮，我們兩人比較起來，真不知相去多少路途了。你預備幾時歸家？此後的方針怎樣？有便時還請寫信告訴我！敬祝

孟晉！

學弟某某　月　日

一〇、覆前函——畢業後擬赴歐洲留學

某某學兄惠鑒：頃奉
華函，猥以畢業大學，遽蒙
藻飾有加。展誦之餘，益增顏汗。敬維
起居多福，履祉增祥，為慰為頌。吾
兄雖中途棄學，然頗聞近來回旋商界，備受推崇，同學少年多不賤[1]，弟亦堪以自豪矣。承　詢今後方針，尚未確定，蓋自問所學猶不足問世，是以頗擬再赴歐洲遊學，以求深造，惟環境是否許可，殊難決耳。歸里之期，大約在本月內下旬左右，屆時
當趨
前拜候，一傾積愫也。專此布覆，敬頌
財祺！

學弟某某敬覆　月　日

註釋

1 同學少年多不賤　言昔時同學，均甚得意也。杜甫詩：「同學少年多不賤，五陵裘馬自輕肥。」

前函（白話文）

某某仁兄：

剛才接到你的信，為了我畢業大學，承你來書過獎，拜讀之下，真是使我十分慚愧，汗流被面。近來你的起居，一定非常安吉，這是我很為安慰的。你雖然中途棄學經商，然而聽得你最近在商界上，甚為得意，所謂「同學少年多不賤」，我真大可自豪哩。承你問起我今後的方針，現在還沒有決定，因為自己問問自己的學問，實在還不能夠立足社會，所以很想到歐洲去留學一次，再求比較高深的學問，但是環境是不是許可，還很難決定。我還鄉的日期，大約在本月下旬左右，到那時一定到你那裏拜望，暢談一番衷曲呢。敬祝

發展！

學弟某某　月　日

二、致友人——賀新婚

某某兄惠鑒：久疏音候，時念
興居。昨日某君來此，藉悉月之某日，為吾
兄合巹[1]良辰。想嘉禮之初成，佳人如玉；羨良緣之好合，君子造端。蕊結同心，
蓮開並蒂。欣此日鳴和
鸞鳳[2]，卜他年慶衍螽麟[3]。燕爾[4]欣逢，曷勝歡忭！某忝居交末，本欲趨造
崇階，一申賀悃，惟店務蝟集，不克分身，只有薄具菲儀，聊以將意！伏冀
哂納為荷！專肅，敬賀　大喜，並請
台安！

弟某某謹上　月　日

註釋

1 合巹　夫婦成婚之禮也。《禮記．昏義》：「合巹而酳。」
2 鸞鳳　喻伉儷也。
3 螽麟　出自《詩．周南》有螽斯麟趾之什，皆美子孫之眾多也。
4 燕爾　《詩．邶風．谷風》：「燕爾新昏。」昏通婚。

前函（白話文）

某某兄：

好久沒有接到你的消息，又不來問候你，但是我的心裏時常想念着你的起居。昨天某君到這裏來，知道你將在本月某日結婚。在這歡樂的典禮中，看看那如花如玉的美人；這樣美滿的結合，也是走上人生道上的一件大事。真像那結成同心蕊的花兒，也像那兩朵並蒂的香蓮。此刻夫婦之間和諧歡樂，到將來又生出許多優美的子孫來。在這新婚喜氣氤氳的時候，我們真不知道羨慕你到怎樣的一個地步呢？我總算是你的知己朋友，本來想到府上來祝賀一下，但是店裏許多的事務聚集着，不

能夠分身，只得稍微備了一點薄禮，表示我一些的心意！請你一定要收受的！敬祝
新婚快樂！

某某某　月　日

一二、覆前函——高堂年老成家聊盡子職

某某仁兄先生雅鑒：久闊

音塵，良殷馳繫！忽頒

手教，如對

芝眉。弟職業無成，贍家乏力，原不容有室家之好，敢存魚水[1]之思。第高堂年老，

奉侍無人，是以不得不草草成家，聊盡子職。詎遠蒙

藻飾，無任赧顏！辱賜

厚儀，本不敢當，惟恐卻之不恭，只得拜受。先此鳴謝，容日謹以杯酒為敬而已！

匆匆不既，敬頌

旅安！

弟某某敬啟　月　日

註釋

1 魚水　喻夫婦。亦以喻伉儷之情篤。

前函（白話文）

某兄：

許多時候沒有和你見面，想念得很！你忽然給我一封信，好像見到了你一般。我既沒有相當的職業，也沒有養家活口的能力，本來不容許娶妻的，哪裏敢想要結婚呢？但是我的母親年紀已經老了，家裏面沒有人侍奉她，所以不得不草草成家，稍微盡一些做兒子的責任。哪裏知道承你遠遠的寫信來祝賀，真使我慚愧極了！蒙你賜給我的厚禮，我本來不敢收受的，只恐怕推卻了倒反而覺得對你不恭，只得受領，先寫這封信來謝謝你，過幾天我再要敬你幾杯酒呢！匆匆忙忙地不能多寫了，

祝你

客居平安！

某某某　月　日

一三、致友人——賀生子

某某仁兄台鑒：

清暉久闊，馳溯良殷！比聞吾

兄天錫石麟[1]，一索[2]得男，

闔門溢慶。欣三槐[3]之始發，羨五桂[4]之初開。修德必昌，象賢[5]有後。固不必走聆

啼聲[6]，方克決為英物焉！忝居知好，歡忭奚如？某店務羈身，不克趨叨

湯餅[7]之會，只得購呈微物幾品，聊表寸忱，務祈

哂納為荷！肅此道賀，祇頌

儷安！

弟某某手啟　月　日

註釋

1 石麟 《南史・徐陵傳》：「年數歲，家人攜以候沙門釋寶志，寶志摩其頂曰：『此天上石麒麟也。』」

2 一索 《易・説卦》：「震一索而得男。」

3 三槐 宋王祐手植三槐於庭曰：「吾子孫必有為三公者。」後其子旦相真宗；其孫素當仁宗時，出入侍從、將帥卅年。

4 五桂 竇燕山有五子皆貴顯，世稱為五桂。

5 象賢 《書・微子之命》：「殷王元子，惟稽古，崇德象賢。」註：「子孫有象先聖王之賢者。」

6 啼聲 晉桓溫生，溫嶠見之曰：「此兒有奇骨，可使試啼。」及聞聲，曰：「真英物也。」其父彝以為嶠所賞，名之曰溫。

7 湯餅 劉禹錫詩：「爾生始懸弧，我作座上賓。引箸舉湯餅，祝詞天麒麟。」

前函（白話文）

某某先生：

好久沒有和你見面，想念得很！現在聽見你生了一個兒子，一家都很歡樂。這真是克家令子方始誕生，何等欣羡！像府上那樣的積德，一定有像先聖賢的好子孫，我也用不到親自來聽了啼聲，才知道是個好孩子啊！我總算和你是知交，當然有說不盡的快樂呢！但我因為有許多店務糾纏着，不能夠親自來參加湯餅會。只能買了幾樣小東西，稍微表示我的一點賀意，請你收受了吧！祝你們家庭快樂！

某某某　月　日

一四、覆前函——寵錫多珍盛情難卻

某某兄雅鑒：一別經冬，時深懸繫！正擬修箋奉候，忽蒙
瑤函先頒。捧誦之餘，敬聆一是。完婚數載，幸舉一丁，藉免世間無後[1]之愆，差
慰堂上抱孫之念。第資生乏策，擔負轉增，乃荷
藻飾逾恆，莫名愧赧。
寵錫多珍，本不敢領，惟遠道
盛情，未便固卻，只得汗顏[2]拜受。謹此謝謝，藉請
台安！

弟某某敬啟　月　日

註釋

1 無後　「不孝有三，無後為大。」語見《孟子．離婁上》。
2 汗顏　心慚則汗發於顏面，故為慚愧之代辭。

前函（白話文）

某某先生：

分別了將要一年了，我心裏很是想念！正想寫信來問候你，忽然蒙你先寫信來。讀了之後，一切都已知道了。我結婚了幾年，幸而生了一個兒子，可以免掉沒有後代之罪，稍微可以安慰一下父母親抱孫兒的希望。但是沒有開源的辦法，而負擔反而增加了。蒙你來祝賀我，真是使我慚愧得很呢！你送我的許多禮物，我本來不敢領受的，但是因為你這樣路遠的送來，而且情意又這樣重，我也不能固執的推卻，只得慚愧地收受了！謝謝！祝你

平安！

某某某　月　日

一五、致友人——賀娶媳

某某先生鈞鑒：河干送別，忽忽經年！頃聞某月某日為
令郎燕爾之期，遙想
雲門集瑞，華室凝祥，既諧琴瑟之歡，定葉璧珠之美。
賢伉儷堂前下拜，觀此一對佳兒佳婦[1]，樂也何如？弟遠阻關山，未遑趨賀，惟呈不腆[2]菲儀，伏冀　察入為荷！肅此上達，即請
台安！並頌
世兄鴻禧！

某某手啟　月　日

註釋

1 佳兒佳婦 「朕佳兒佳婦，今以付卿。」—見《資治通鑒．唐紀．永徽六年》。

2 不腆 腆，厚也。不厚之意。

前函（白話文）

某某先生：

河邊送別了你後，到現在快要一年了。此刻聽說令郎將在某日成婚，我想那時一定喜氣盈門，琴瑟和諧，那一對小夫婦在你面前下拜的時候，你看到好兒子好媳婦，那真不知要怎樣快樂呢？我因為路隔得很遠，不能親自來道賀，不過送上一些不厚的薄禮，請你笑納！祝你安樂，並且祝令郎新婚快樂！

弟某某 月 日

一六、覆前函——猥蒙道賀殊不敢當

某某先生執事：自別
榘儀[1]，時縈夢寐，辱承
手示，宛對　丰標[2]。承賜
厚儀，感慚交集。小兒今值當婚之年，俾遂有室之願。蓋亦盡長者之責而已。自此
即命渠等襄理家務，以分親勞。猥蒙　獎借，殊不敢當。下月將赴　貴埠與兄作尊
罍[3]之敘，聊以充杯酒之敬耳！肅此鳴謝，順頌
財安！

弟某某敬上
月　日

註釋

1 榘儀　榘同矩，規範的意思。
2 丰標　容態也。
3 尊罍　尊同樽，酒杯；罍音雷，形似酒壺。

前函（白話文）

某某先生：

自從和你分別以後，就是在夢中也時常想到你。現在你來信，我好像和你見面的一般。蒙你賜來厚禮，我真又感激又羞愧。小兒現在正當結婚的時候，便償了他成家的願望，也不過是盡長輩的一點責任而已。從此以後，就叫他們助理家務，來分親勞。承蒙你稱讚，真不敢當！下月將要到貴地，和你把酒暢敘，作為補敬這次的喜酒，特地寫信謝謝，真抱歉得很！祝你生意好！

某某某　月　日

一七、致友人——賀嫁女

某某先生執事：日前趨謁
台端，知於上浣　錦旋。月之某日，為
令愛出閣之期，素欽
南國[1]名姝，雅擅簪花[2]之妙詣；預想
東床[3]快婿[4]，定懷吐鳳[5]之奇才。璧合珠聯，一時無兩，吾
兄當此，歡慰可知矣！弟既阻於修途，復羈於店事，趨賀未能，至深歉悵！用呈菲物，
聊佐
香奩，叨附　雅交，乞　原輕率！尚冀
勿卻為荷！專此奉賀，祇頌
台安！

某某鞠躬　月　日

註釋

1 南國　封建時代，指江漢一帶之國為南國。
2 簪花　王彥泓詩：「含毫愛學簪花格。」
3 東床　《晉書．王羲之傳》：「太尉郗鑒使門生求女婿於（王）導，導令就東廂遍觀子弟，門生歸謂鑒曰：『王氏諸少並佳，然聞信至，咸自矜持，惟一人在東床坦腹食，獨若不聞』。鑒曰：『正此佳婿邪。』訪之，乃羲之也，遂以女妻之。」
4 快婿《北史．劉延明傳》：「（郭）瑀有女始笄，妙選良偶，……謂弟子曰：『吾有一女，欲覓一快女婿。』」
5 吐鳳　崔泰之詩：「白鳳吐文章。」

前函（白話文）

某某先生：

前天到你那裏來拜望，知道你已在上旬回府。而本月某日，令愛將要出嫁了。我素來知道令愛一向很喜歡筆墨，預料令婿也一定是個能文章的好手。這樣的美滿姻緣，你該怎樣的歡喜呢！我一方面因為路途遙遠，一方面又為了店務的羈身，不能夠前來賀喜，真是十分的抱歉！現在特地備了幾件小東西，希望稍微加一點在令愛的嫁妝裏，好在大家是知己的朋友，請你原諒我這樣的草率和菲薄，並且希望你不要見卻！祝你

快樂！

某某某　月　日

一八、覆前函——盛情厚賜汗顏拜領

某某先生台鑒：睽隔
高標，忽經多日。前因倥傯，未及走辭，猥蒙
枉顧，良深歉仄！小女綠窗[1]陋質，迨吉于歸，裙布釵荊[2]，何堪齒及？乃荷手書獎借，
轉益忸怩。兼承
厚貺，本擬璧還，恐致不恭，汗顏拜領！而練裳竹笥[3]，得增光輝，實出自
盛情之所賜也。耑肅申謝，無任銘感！敬候
台安！諸維
垂照！

弟某某謹覆　月　日

註釋

1 綠窗　白居易詩：「綠窗貧家女，衣上無珍珠。」
2 裙布釵荊　後漢梁鴻妻孟光荊釵布裙。
3 練裳竹笥　後漢戴良有五女皆賢，擇婿不問貴賤，惟賢是與，皆練裳竹笥木履以遣之。

前函（白話文）

某某先生：

　　和你不見面已多時了。前幾天因為匆匆忙忙，沒有來得及前來告辭，累你白跑了一趟，我心裏真是抱歉！小女不過是一個貧寒人家平常女子，選擇了一個日子出嫁，也沒有甚麼好的嫁妝，哪裏配去説到她呢！現在蒙你寫信來誇獎，反使我慚愧起來了！你送我的東西，本來想奉還的，但恐怕對你不恭，所以很慚愧地收受了。而我們一點簡陋的嫁妝中，能夠增加些光彩，實在都是你所賜給的啊！特地寫這封信來道謝，心裏真是十分的感激呢！祝你

平安！並望察照！

某某某　月　日

一九、致友人——賀生孫

某某先生尊鑒：久疏音問，繫念良殷！頃晤某君，藉悉
令郎　有弄璋[1]之喜，無任歡忭！伏念
台端既式穀[2]之有子，復含飴[3]而弄孫。慶溢
德門，舞添彩服；詒謀[4]燕翼，繼起象賢。他日
興宗[5]，可預卜也！弟駒光浪擲，馬齒徒增，正多作嫁之勞，難冀分甘[6]之樂。較之
吾
兄不啻有雲泥[7]之判矣！茲謹附呈菲物兩品，伏祈
賞收，是所幸甚！肅函道賀，祗頌
崇安！

弟某某敬啟　月　日

註釋

1 弄璋　生男也。《詩．小雅．斯干》：「乃生男子，……，載弄之璋。」
2 式穀　《詩．小雅．小宛》：「教誨爾子，式穀似之。」
3 含飴　飴，餳之屬。《後漢書．馬皇后紀》：「吾但當含飴弄孫，不能復知政事。」
4 詒謀　《詩．大雅．文王有聲》：「詒厥孫謀，以燕翼子。」註：「燕，安也；翼，敬也。詒通貽，遺傳也。」
5 興宗　《三國志．魏書．陳群傳》：「（陳）群為兒時，（陳）寔常奇異之，謂宗人父老曰：『此兒必興吾宗。』」
6 分甘　王羲之文：「率諸子，抱弱孫，遊觀其間，有一味之甘，剖而分之，以娛目前。」
7 雲泥　喻地位高下之懸殊。

前函（白話文）

某某先生：

好久沒有通信問候了，想念之至！現在碰到某君，知道令郎新生了一個兒子，我想你既有了很好的兒子，現在又有抱孫之樂，你家真喜氣洋溢，又多了一位可以娛悅親心的人了。謀後來的幸福，使得他們都能像先聖賢一般，那麼將來振興家聲，一定可以料想得到的。我光陰虛度，年紀一天大一天，都是忙忙碌碌的替人辦事，難於希望到抱孫的快樂，和你比較起來，真是天差地別了！現在附上兩件微物，請你收下，不要嫌簡陋而推卻，那是十分盼望的！祝你

康樂！

某某某
月　日

二〇、覆前函——含飴弄孫聊娛晚境

某某先生台覽：敬覆者，瞻懷

芝宇[1]，彌切遐思。弟退居鄉里，更益頹唐，日薄崦嵫[2]，索然寡趣。幸小兒獲舉一子，

啼聲呱呱[3]，老懷為之一喜。但期易育成人，於願已足。寒門薄德，固不敢存大宗[4]

之奢望。乃荷

手書下逮，吉語繽紛，捧誦之餘，曷勝愧赧！辱賜

隆儀，增光不少，敢不拜嘉。肅此鳴謝，敬候

台安！

弟某某謹覆　月　日

註釋

1 芝宇 《新唐書．元德秀傳》：「房琯每見德秀，嘆息曰：『見紫芝眉宇，使人名利之心都盡。』」紫芝，德秀字，後人因美稱人之容顏曰芝宇，或云眉宇。

2 崦嵫 音淹茲。《山海經．西山經》：「(鳥鼠同穴山）西南三百六十里，曰崦嵫之山。」下有虞泉，日所入處。

3 呱呱 音孤，小兒啼聲。

4 大宗 《新唐書．韓思復傳》：「思復少孤，年十歲，母為語父亡狀，感咽幾絕，故（祖）倫特愛之，嘗曰：『此兒必大吾宗。』」

前函（白話文）

某某先生：

你在那裏牽掛我，我也在這裏時常的想念着你呢！我自從退居到本鄉後，境況愈加不好，年紀已老了，好像將要落山的太陽，一點沒有興味。幸而小兒生了一個兒子，聽聽那小孩的啼聲，我的心裏也快活了一些！但願撫養長大，我的心願已經滿足了，家裏面沒有甚麼好德行，也不敢希望他顯親揚名。現在蒙你寫信來，說了許多祝賀的話，讀了之後，真覺得十分的慚愧呢！你送來的厚禮，使小孩子增加光彩不少，謝謝！祝你

安樂！

某某某　月　日

二、致友人——賀新舍落成

某某先生執事：敬啟者，昨奉　某君來函，欣悉
華屋經營，落成[1]有慶。伏維
美輪美奐，爰處爰居[2]。既底法[3]於一時，自貽謀於百世。芝蘭環砌，新竹繞亭，欣看
君子之攸寧[4]，愧乏古人之善頌。某辛勞半世，敝室一家。以視
先生之館宇崇閎，其相去為何如耶？微物區區，聊申燕賀，尚祈
哂納，榮幸何如？專此恭祝，順頌
潭祉！

弟某某謹啟　月　日

註釋

1 落成　世稱建築工竣為落成。《詩．小雅．斯干》序箋：「宣王於是築宮廟群寢，既成而釁之，歌《斯干》之詩以落之，此之謂成室。」

2 爰處爰居　《詩．小雅．斯干》：「爰居爰處。」

3 底法　《書．大誥》：「若考作室，既底法，厥子乃弗肯堂，矧肯構。」

4 攸寧　安寧也。見《詩．小雅．斯干》。

前函（白話文）

某某先生：

昨天接到某君來信，很快活地知道你新近造好了一座新屋，從此可以住到那金碧輝煌的屋子裏，這次奠定了一個基礎，可以百世安居了！階砌繞滿了芝蘭，亭子旁邊圍着一棵棵的新竹。看到你這樣安寧的居處，我很慚愧不會來頌揚呢！我勞碌了半世，還是那間破屋子，比起你那寬大的公館，相差真不知多少了！這一點兒的禮物，稍微表示我的一片祝賀之心，請你收受，那我很覺光榮了！

恭祝

闔第均吉！

弟某某

月　日

二二、覆前函——小築蝸廬請為光臨

某某仁兄先生惠鑒：久疏音信，時切懷思。頃奉
華箋，備蒙　藻飾。重承
厚貺，感銘何如？弟小築蝸廬[1]，聊蔽風雨。詎意竣工之日，承蒙諸親友殷勤賜賀，實不敢當；而
手書獎借逾恆，彌益慚愧！惟願他日
惠然光臨，與　兄開軒坐酌，以酬
高誼而已。肅此馳謝，臨穎瞻依！即頌
台安！

弟某某謹覆　月　日

註釋

1 蝸廬　居處隘陋之代辭。陸游詩：「退藏只合臥蝸廬。」

前函（白話文）

某某兄：

和你好久不通信息了，我真想念得很！現在接到了你的信，十二分的誇讚我，又蒙你送來厚禮，真使我感激得無以復加了！我不過簡陋地造幾間很小的房子，姑且遮蔽風雨，也可以寄託自己的身子，免得時常憂慮沒有立足之處。哪裏知道完工的一天，蒙許多親戚朋友，很熱誠的來祝賀，那是實在不敢當的！而你的信上面又特別的誇獎，使我愈加慚愧。但願將來你來的時候，和你在這裏喝杯酒，報答你的一番高情。特地寫這封信來謝謝，動筆的時候，還在這裏遠遠的想念着你呢！祝你

平安！

某某某　月　日

二三、致友人——賀新年

某某先生閣下：一元[1]肇始，萬象昭蘇。值三陽[2]開泰之期，正四序履端[3]之日。恭維
陽和在抱，總百度以維新；
福祉來同，偕首時而洪懋。引仰
蘭階，彌深葵向！弟韶華虛度，馬齒徒增，浪跡他鄉，飄蓬異地，以視
先生之利占倍蓰，囊滿泉刀者，相去之遙，奚啻霄壤！屆茲獻歲，理應晉賀，奈雲山遙隔，未克梟趨，特馳赤柬之書，敬上宜春之頌。謹修寸啟，恭賀
春釐

名正肅[4] 月 日

註釋

1 一元 《春秋繁露．玉英》：「一元者，大始也。」

2 三陽 《書．洪範》疏：「正月為春，木位也，三陽已生，故三為木數。」

3 履端 《左傳．文公元年》：「先王之正時也，履端於始，舉正於中，歸餘於終。」朱申注：「曆法以十一月甲子朔夜半冬至為一元，其時日月五星皆起於牽牛初度，更無餘分，以此為步佔之端，故曰履端於始。」

4 名正肅 書信用術語。不具姓名，表示特別恭敬之意。信中當另外夾入印好的名片。

前函（白話文）

某某先生：

一年又開始了，許多的景象又要重新回復了。在這一年四季開端的日子，祝你十分幸運，把許多事情興革起來，財源也和時間一樣的發展。遠遠的想到你的風采，欽佩之至！我虛度光陰，飄零在外邊，像你那樣的贏餘很多，錢袋中時常的滿着，真是天差地別呢！現在正值新年，在理應該親自到你那兒來祝賀，但是因為隔得很遠，不能夠來賀你，所以特地寄上賀年片一張來拜祝！
恭賀新禧！

某某某
月　日

二四、覆前函——恭賀新禧請錫嘉言

某某先生台鑒：鳳律[1]春回，鴻鈞[2]氣轉。梅近瓊階而獻笑，草迎玉節以含滋。恭維財祉與春光並茂，履祺偕歲序俱臻。正殷雀頌，忽接鴻函，展誦之餘，適符鄙悃。某溷跡此間，毫無建樹，乃蒙藻飾，倍增愧恧！惟祈時錫嘉言，以匡不逮，則感甚幸甚。謹附小柬，復賀新禧！並候財祺！

名正肅 月 日

註釋

1 鳳律 《漢書．律曆志》：「制十二筒以聽鳳之鳴。」

2 鴻鈞 即造化也。

前函（白話文）

某某先生：

春天又回來了，時序已經轉變，梅花在階旁帶着笑顏，青草也欣欣向榮地像迎接着你一般。祝你的財運和春光一般的興旺，福氣也和年歲一般的增加。我正在這裏恭賀時，忽然間接到你的信，讀了之後，恰巧和我的意思一般。我在這裏廝混着，一點沒有建立些事業，現在蒙你誇獎，使我更加羞愧了！不過希望你時常寫信來教正我不周到的地方，那麼我真覺光榮和感謝呢！現在附上賀年片一頁，再在這裏祝你

新禧和營業發達！

某某某　月　日

二五、致友人——祝壽

某某先生尊鑒：闊別經年，正擬箋候，頃某君來，藉悉某日為
台端懸弧[1]令旦，想見
華堂慶集，燦長庚[2]永日之輝；
椿座禧凝，添絳老[3]遐年之算。南山獻頌，洋洋聽純嘏之聲；北海開尊，總總列瓊
筵之席。引瞻
台宇，忭頌莫名。觥祝情殷，摳衣跡阻，不克趨階申賀，只憑蕪簡攄忱。菲儀附呈，
區區將意，務希
賞納，榮幸何如？敬頌
崧齡，並候
台祺！

某某敬啟　月　日

註釋

1 懸弧 《孔子家語・觀鄉射》：「懸弧之義。」註：「弧，弓也；男子生則懸弧於其門，明必有射事也。」

2 長庚 《詩・小雅・大東》：「東有啟明，西有長庚。」長庚，太白星也。

3 絳老 事見《左傳・襄公三十年》。

前函（白話文）

某某先生：

和你分別到現在，正想寫信來問候，現某君到這裏來，知道某日是你的生辰，想來府上喜氣氤氳，像太白星那樣的一天到晚的光明，你的福氣像海洋般浩大，並祝你長命百歲。我想那天一定充滿着一片片祝壽之聲，一排排列着壽筵的席。我在這裏遠想着你的丰采，真是歡喜得很的祝頌着，我本想前來敬你一杯壽酒，但是因為有事不能來，只好用一封信來申說我一點的意思，還有一點點的禮物附贈，請你賞光收下，那我真是榮幸極了！祝你

高壽，並祝康樂！

某某某 月 日

二六、覆前函——兒輩稱觴無壽可祝

某某先生執事：睽違
芝宇，忽又經年！翹首雲天，頻殷嚮往！頃奉
華翰，猥以賤辰，辱賜
隆儀，深慚涼薄[1]，何以克當？弟建樹毫無，徒增馬齒，蹉跎歲月，老景頹唐。此次
兒輩強為稱觴，實則何壽可祝？而　盛貺遙頒，實增厥過。誼不敢受，理應璧還，
惟道阻且長，往返不便，只得赧顏拜嘉，謹存篋笥，他日回賀
遐齡耳！肅此鳴謝，敬候
台安！

某某敬啟　月　日

註釋

1 涼薄　德薄能鮮之意。

前函（白話文）

某某先生：

和你不見面以來，又是一年了，我在這裏望着那天空雲樹，時常想到你。現在接到你的來信，因為我生日，所以送了種種的厚禮，像我這樣的德薄能鮮，怎樣敢受你這些呢！我一點沒有建立甚麼事業，虛度年華，糊糊塗塗的白了頭，老年的景況也不很好。這次許多小兒輩，勉強的要祝壽，事實上有甚麼壽可以祝呢？而你老遠的送厚禮來，實在增加了我罪過了！照理上講，是不敢受而要璧還的，但是路程遙遠，交通不便，只得老了面皮收受，妥為保存在箱櫃裏。等將來還賀你的壽辰吧！特地謝謝！祝你

安健！

某某某　月　日

二七、祝友人——妻壽

某某先生雅鑒：薰風判袂，奄忽歲寒，尺素鮮通，自慚嵇懶[1]。頃聞月之某日，為尊閫幾秩大慶。瞻婺宿[2]之輝騰，祥盈萱室；企慈雲之蔭庇，慶溢蘭閨。開瓊筵於東閣，挹紫氣於西池。曲譜長生，詩歌偕老。翹覘吉采，莫名忭頌。某等遙隔關山，未克晉祝；只得薄具微意，藉表寸忱。務乞鑒存，榮幸無似。祗頌

悅福！並請

台安！

弟某某偕室某某仝敬啟　月　日

註釋

1 嵇懶　嵇康，字叔夜，為竹林七賢之一。性疏懶，著有《養生論》。
2 婺宿　即女星。

前函（白話文）

某某先生：

　夏天的時候分別，忽忽已是冬日了。很少通信，自己覺得像嵇生一樣的疏懶。方才聽到本月某日是尊夫人幾十歲的大慶。看女星的朗耀，吉祥充滿着北堂；望慈雲的庇蔭，喜慶洋溢在閨房。在東閣排着酒席，在西池受着紫氣。譜着長生的曲，唱着偕老的歌。遠遠地望着吉祥的彩綢，很是快樂地祝頌。我們因為遠被關山阻隔着，不能夠到你那邊來祝賀，只得稍微備了些薄禮，借此表示一點心意，一定要請你收下，不勝榮幸。敬祝

雙福！

弟等某某某仝祝　月　日

二八、覆前函——卻之不恭拜受厚儀

某某先生執事：久違
雅教，時切懷思。頃奉
大函，並荷
寵錫厚儀，祗領之餘，同深佩紉。內子庸庸薄德，感興鬢絲[1]。此次誕日，兒媳輩為之
稱觴，卑屬所以表承歡之意，申愛日[2]之懷，原不容於親友間有所攪擾。而
隆禮下逮，誠不敢當。理應璧回，惟恐卻之不恭[3]，有拂
盛情，只得汗顏拜受，他日
先生北上之時，當以杯酒為敬耳。耑肅寸緘，謹先鳴謝。敬頌
近安！

弟某某敬啟　月　日

註釋

1 鬢絲　髮之在面旁者曰鬢。鬢絲，即髮變白也。
2 愛日　言人子愛日之誠，有不能已者。見《論語》「父母之年」章集注。
3 卻之不恭　卻，拒而不受也。《孟子·萬章下》：「卻之卻之為不恭。」

前函（白話文）

某某先生：

好久違背了你的教言，時常都想念你。方才接到你的信，並且承蒙你恩寵地賜給隆厚的禮物，敬領以後，我們都感激得很。內人德行平常，對於鬢上添了白髮，時常抱着感慨。這次的生日，因為兒子媳婦們替她祝壽，小輩所以表示「承歡」的意思，伸張「愛日」的情懷，本不敢在親友中間再來攪擾了。而蒙你這份厚禮寄下來，實在不敢當。論理要璧還，但恐怕退還了是不恭敬的，只得很慚愧地收了。將來你來北方的時候，應當請你補喝杯壽酒呢。很恭敬地寫封信，先來謝謝你，即祝

安健！

弟某某　月　日

二九、祝友人——夫婦雙壽

某某先生台鑒：自違

雅教，裘葛數更。頃聞某月某日，

椿座稱觴，萱堂祝壽。瞻弧帨以雙輝，羨鴛鴦[1]而駢福。洵集人間之景祜，定多天

錫之純釐。蘭玉[2]林林[3]，嘉賓濟濟[4]，一番盛況，歡慶何如？弟作嫁依人，店務紛集，

未能捧斝，歉疚良殷！臨風翹首，惟遙祝

康強逢吉[5]而已！另附桃儀，聊表寸忱。肅此上陳，祇頌

雙禧！

弟某某敬啟　月　日

註釋

1 鴛鴦　《詩・小雅・鴛鴦》：「鴛鴦于飛，畢之羅之，君子萬年，福祿宜之。」

2 蘭玉　晉謝玄曰：「（佳子弟）譬如芝蘭玉樹，欲使其生於庭階耳！」故以喻子弟之佳者。
3 林林　繁盛貌。
4 濟濟　《詩・大雅・文王》：「濟濟多士。」
5 康強逢吉　《尚書・洪範》：「身其康強，子孫其逢吉。」

前函（白話文）

某某先生：

自從不接到你的信以來，已經幾年了，現在聽說本月某日，你和尊夫人雙慶，福壽雙全，真是人間的好幸運，一定得到天賜的福氣。屆時子孫滿堂，賓客盈門，這一番盛況，真是歡樂得無以復加了。像我都是替別人忙碌，店務又很多，不能夠前來敬酒，真是抱歉之至！只能遠遠地望着你那兒，祝你們康強多福罷了！另外附上一些薄禮，略表我的賀意！敬祝

雙禧！

某某某　月　日

三〇、覆前函——不足云壽敬謝厚貺

某某先生台鑒：敬覆者，愚夫婦才德庸涼，深慚衰朽，了無片長足錄，只此偕老堪誇。馬齒徒增，何足云壽。且值茲世難年荒，豈容作無謂之舉，以貽大雅[1]之譏，故早力戒兒輩不得鋪張，詎意

摯誼逾恆，遠蒙

藻飾。回環雒誦，感愧交並！矧重賜

厚儀，更不敢當。理應辭卻，惟恐有違

雅意，只得從權拜登，先此鳴謝，容再踵叩！即頌

台安！

弟某某敬上　月　日

註釋

1 大雅　宏達雅正也。《漢書．景十三王傳贊》：「夫惟大雅，卓爾不群。」

前函（白話文）

某某先生：

我們夫婦才德平庸，自己慚愧年老力衰，一點沒有好處可講，只有兩個人白頭同老，還可以說得上僥倖；夫婦兩人只是增加了年紀，哪裏配得稱壽呢？而且現在世亂年荒，豈允許我作無意識的舉動惹人譏笑呢？所以早已叫兒輩不可以鋪張，哪裏知道你情意特別重，遠遠的來獎飾，讀了幾遍之後，真使我既羞恥又感激。況且又蒙你賜下厚禮，真叫我難以為情了，不敢收受，本該辭謝的，但是恐怕違了你的意思，所以只得暫且拜領。先寫了這封信道謝，過幾天還要登門拜謝呢！敬祝

平安！

某某某　月　日

三一、祝友人——父壽

某兄惠鑒：遠違
眉宇，恆切心藏。頃晤某君，欣稔月之某日，為
老伯幾旬華誕[1]。恭維
高年增算，絳老添籌。喜愛日兮承歡。瞻德星[2]兮協慶。庭盈珠履[3]。階舞斑衣[4]。
文陳純嘏[5]之辭，爵上延齡之酒。翹覘
壽曜，曷罄禱祝。誼屬通家，應儕觥獻。無如店務蝟集，擺脱為難，惟有敬呈禮物
幾種，藉表微忱，務祈　莞爾收存！謹肅寸箋，摛誠奉賀。恭頌
椿齡，並候
侍安！

弟某某謹啟　月　日

註釋

1 華誕　即是生日。

2 德星　後漢陳寔子侄共造荀淑討論，時德星聚，見《續晉陽秋》。《世說新語·德行》「陳太丘詣荀朗陵」條劉孝標註引《續晉陽秋》。

3 珠履　《史記·春申君列傳》：「春申君客三千餘人，其上客皆躡珠履。」

4 斑衣　老萊子性至孝，年七十，着五色斑斕衣，作嬰兒戲於親側。

5 純嘏　《詩·魯頌·閟宮》：「天錫公純嘏。」

前函（白話文）

某某兄：

和你隔得很遠，心裏時常牽記着。方才遇到某先生，很快活地知道本月的某日，是老伯幾十壽辰。恭祝長壽高年，你們在他老人家面前侍奉着，真可令他歡喜，而那幸運也時常臨到府上來！那天門庭擠滿了客人，階前子孫斑衣彩舞，一方面聽那祝壽之聲，一方面獻那長春之酒，真夠熱鬧呢！我在這裏遠遠的拜望那壽翁的風采，

說不盡一片祝賀之忱。我和你是通家的好朋友，應當前來敬杯壽酒，不過因為許多
店事牽累着，很難擺脫，只好送上幾種禮物，一點點的算不了甚麼，不過表示我的
一點兒心意罷了！千萬請你不要嫌輕微簡陋，收受了罷！路程隔得很遠，不能夠到
您那邊來，所以很恭謹地寫這封信來祝賀，心裏十分想念呢！敬祝
老伯高壽，並且祝你
奉侍安吉！

弟某某　月　日

三二、覆前函——此次家慶稍盡子禮

某某先生賜鑒：弟材慚樗櫟，不克顯揚。此次家慶[1]，但徒菽水[2]之將，殊乏承歡之具。集親族子弟，一堂介壽，無非稍盡人子之禮！不圖遠頒　藻簡，並貺
隆儀。增耀門閭，寵光几席。仰蒙
盛誼，銘感無窮！肅此鳴謝，祇頌
台安！

弟某某敬啟　月　日

註釋

1 家慶　孟浩然詩：「明朝拜家慶，須着老萊衣。」

2 菽水　《禮記．檀弓》：「子路曰：『傷哉貧也，生無以為養，死無以為禮也。』孔子曰：『啜菽飲水盡其歡，斯之謂孝。』」

前函（白話文）

某某先生：

我自己才疏學淺，不能夠顯親揚名，這次家慶，不過是稍微敬一些豆羹水酒，沒有甚麼可以逗引老人家開懷的東西。聚集了親戚同族的子弟，同在一堂祝壽，不過稍微盡一些做兒子的責任罷了！不料蒙你遠遠的寫信來祝賀，並且賜下厚禮，使我們門庭增加榮耀，几席之間也有光彩。你這樣的情意深厚，我真感激不盡！特地寫這封信來道謝，並且祝你

安樂！

弟某某　月　日

三三、祝友人——母壽

某某先生台鑒：敬啟者：昨晤　令親某先生，欣悉某月某日，為老伯母設帨良辰。
際茲風光正麗，春氣方殷。
愛日蔭濃，備箕疇[1]之五福；婺星彩朗，集家慶於一門。瑞靄諼軒，喜盈彩室，筵
開堂北[2]，歌譜陔南[3]。引企
華堂，莫名忭頌！弟店務羈身，路途遠隔，未克奉觴晉祝，叩謁
崇階；只得敬具菲儀，藉申微悃。乞荷　哂納，無任榮施！特肅寸箋，恭祝
慈齡！並候
侍福！

弟某某敬啟　月　日

註釋

1 箕疇　據《尚書．洪範》載，箕子向周武陳說，治國的九類大法，一曰五行，二曰敬用五事，三曰農用八政，四曰協用五紀，五曰建用皇極，六曰乂用三德，七曰明用稽疑，八曰念用庶徵，九曰嚮用五福、威用六極。疇，九疇也，為箕子所作，故曰箕疇。「五福」是「九疇」的一項，指壽、富、康寧、攸好德、考終命五種幸福。

2 堂北《詩．衛風．伯兮》：「焉得諼草，言樹之背。」註：「背，北堂也。」堂北即北堂。北堂，乃母所在也。

3 陔南《詩．小雅》有《南陔》之篇。小序云：「孝子相戒以養也。」

前函（白話文）

某某先生：

昨天遇到了你的親戚某先生，很快活地知道某月某日是伯母的好日子。在這春天的風光正美麗，「愛日」的蔭兒正濃的時候，具備了「箕疇」的五福，和星般的光彩朗耀着，聚集了一門的家慶。瑞靄充塞着諼軒，喜氣滿佈着彩室。北堂排着酒席，歌曲譜着《南陔》。遠望着你的華堂，說不盡的快樂。我因為店務絆住了身體，路隔得很遠，不能夠跑到你那邊來奉了酒杯慶祝，只得恭敬地備了些薄禮，來伸我一些兒情意。望你收納了，很是榮幸的。特地寫這封信來恭祝你母親的長壽，並頌

你

侍奉的幸福！

弟某某啟

月　日

三四、覆前函——敬受厚賜感荷莫名

某某先生大鑒：敬覆者，頃奉
華章，並蒙
厚貺[1]，隆情高誼，感荷彌深！此次　家慈設帨之辰，弟等稱觴介壽，無非稍盡人子之禮，聊報罔極之恩，何敢有擾
台端。諸承　寵錫，銘感五中[2]。專肅寸箋，藉申謝悃。順頌
台綏！

弟某某敬啟　月　日

註釋

1　厚貺　厚賜也。
2　五中　心也。

前函（白話文）

某某先生：

方才接到你的信，並且承蒙你送了許多厚禮，這樣高的情誼、厚的感情，實在感激得很。這次母親的生日，我們替她做壽，無非是稍微盡一些做小輩的禮，來報極大的恩典，哪裏敢叨擾你呢。承你的賞賜，心中着實感激。特地寫這封信，來表示感謝的意思。祝你

康樂！

弟某某
月　日

三五、祝友人——父母雙壽

某某仁兄先生大鑒：久違
芝宇，時切葵忱。欣悉月之某日，為
老伯／老伯母幾旬雙慶。恭維
大年[1]偕老[2]，眉壽同增；既花好而月圓[3]，自椿榮[4]而萱茂。彩衣疊舞，雅曲連歌，
酌玉醴[5]以齊飛，開瓊筵而並列。遙跂
老人星[6]燦，鞠跽[7]而拜岡陵，更欣
天姥峰[8]高，鼓舞以申頌禱。弟萍蹤遠託，未克晉觴；只得薄具桃儀，藉申微悃。
敬祈
察納，榮幸何如。專此箋陳，虔賀
鴻禧！並請

侍安！

弟
某某敬啟　月　日

註釋

1 大年　猶高壽也。《莊子．逍遙遊》：「小年不及大年。」
2 偕老　《詩．衛風．君子偕老》：「君子偕老。」
3 花好月圓　俗語云：「花好月圓人壽。」
4 椿榮　《莊子．逍遙遊》：「上古有大椿者，八千歲為春，八千歲為秋。」
5 玉醴　《抱樸子．內篇．金丹》：「朱草……喜生名山岩石之下，刻之汁流如血，以玉及八石金銀投其中，立便可丸如泥，久則成水，以金投之，名為金漿，以玉投之，名為玉醴，服之皆長生。」
6 老人星　《史記．封禪書》索隱：「壽星，蓋南極老人星也。」
7 鞠跽　鞠，曲也。跽，謂小跪也。
8 天姥峰　《太平寰宇記．江南東道八．越州》引《吳錄》云：「剡縣有天姥山，傳云登者，聞天姥歌謠之聲。」

前函（白話文）

某某先生：

好久離開了你，心中常紀念你。現在很快活地知道某天是老伯和老伯母幾十歲雙慶。恭祝他們倆很大的年紀，齊眉同老，既經花好月圓，自然椿樹繁榮，而萱花茂盛了。堂前彩衣接連地舞着，雅曲連續地歌着，酌了美酒而飛觴，並排開了佳筵。遠遠地望着光輝的老人星，跪拜着祝他們如陵岡一般長壽；更為天姥峰的高聳而歡欣，擊鼓歌舞着為他們頌禱。我因為萍蹤遠寄，不能夠來進觴奉祝，只得稍微備了桃儀，來表達我一些兒心意。望你笑納，不勝榮幸。專此祝賀

鴻禧！並祝你　侍奉安樂！

弟某某　月　日

三六、覆前函——毫無建樹不足顯親

某某仁兄先生惠鑒：自別

清暉，彌殷蟻慕。弟樗櫟庸才，毫無建樹，濫竽[1]店務，未足顯揚。茲者，欣逢

家嚴/慈幾秩攬揆/設帨之辰，不過集族中子弟，同祝椿萱之茂，聊盡人子之禮云爾。辱蒙

藻簡遙頒，隆儀寵錫，高誼盛情，何以克當。專肅鳴謝，順頌

台安！

弟某某謹覆　月　日

註釋

1 濫竽　謂無其才而居其位。典出《韓非子．內儲說上》南郭處士吹竽事。

前函（白話文）

某某先生：

自從同你分別以後，非常的仰慕你。我的才幹像樗櫟一般，一些事業沒有建立，在店裏濫竽充數，實在不能夠顯親揚名。現在很快樂地逢到父母親幾十歲的生日，不過聚集一家人，一同慶祝他們，來盡做兒子的禮罷了。承蒙你祝賀的信和很厚的禮遠遠地賜來，如此高的情誼和大的感情，怎麼敢當呢！所以寫這封信來謝謝你。

祝你

幸福！

弟某某敬覆

月　日

延薦類

一、致友人——聘任店中經理

某某先生大鑒：別經數月，久疏箋候，嵇生性懶，想知我者必弗責也。今春弟略籌資本，少作經營，在本市某地，開設某號，範圍雖小，規模粗具。惟經理一職，關係重要，非得相當人才，難以託付。素仰先生辦事幹練，經驗豐富，用敢借重[1]大才，俾資臂助，叨在多年交好，務乞惠然肯來，擔任斯席，則銘感靡既矣。耑此布達，順請台安，並候明教[2]！

弟某某謹啟　月　日

註釋

1 借重　借他人以為己重也。
2 明教　稱人之言論，曰明教，敬辭也。

前函（白話文）

某某先生：

分別以後，已經幾個月了，好久沒有寫信問候你，我性情素來懶惰，這是你一向知道的，想來不至於見怪吧。今歲春間，我略為籌集了一些資本，做一點生意，在本市某地開設某號，範圍雖然很小，卻已有了一些規模。但是經理一職，關係非常重要，不是有相當人才，不能貿然託付。素仰你做事幹練，經驗又豐富，所以想借重你大力，幫幫我的忙，我們已是多年的知交，請你無論如何，到我這裏擔任此職，那就感激不盡了。祝你

康強！並且候你的大教！

弟某某　月　日

二、覆前函——仰承高誼當來領教

某某仁翁賜鑒：睽違
雅教，幾度蟾圓；緬想
光儀，輒增依戀，正欲修箋奉候，忽逢
瑤函先頒。展誦之下，敬譒
營業駢蕃，興居晉吉，式符鄙頌！伏思晚市井下材，致富之謀未諳，甕天[1]淺見，運
籌之策多疏，豈意 謬採虛聲，辱蒙 垂睞，不惜以經理一席見託，仰承
高誼，曷勝感紉。惟恐事繁責重，綆短汲深，未克勝任。來月初此間公畢，當晉
謁 崇階，再請 教益耳！謹此奉覆，不勝神馳！敬頌
大安！

晚某某敬覆 月 日

註釋

1　甕天　喻識見淺狹也。陸游詩：「蝸乃甕為天。」又黃庭堅詩：「醯雞守甕天。」

前函（白話文）

某某先生：

不和你會談後已經幾個月了，遠遠的想到你的丰采，愈加覺得依戀了！正要想寫信來問候你，忽然接到你的信，讀了之後，知道你的事業很好，起居納福，像我私下祝頌的一般。我只是商場中的下等人才，不知道致富的方法，見解也很狹小，對於營業計劃都不很注意，哪裏知道你以我一點虛名，承蒙看得起，不惜把經理的職位給我，你這種盛情，我心裏十分感激。不過恐怕事情繁責任重，好像要汲的水太深，繩子太短，不能夠勝任呢？下月初這裏公事完畢了，要專誠拜謁你，再請教罷了！特地寫這封信來，心思好像在你的身旁呢！敬祝

康強百益！

某某某　月　日

三、致老友——聘任帳席

某某吾兄青鑒：久違

雅範，彌切葭思。回思昔年聚首，其樂如昨，光陰荏苒，又復裘葛數更矣！比維

興居如意，潭第安吉，曷勝遙頌！弟服賈半生，落落[1]鮮遇，惟幸到此以來，尚稱順

適，營業狀況，亦殊隆盛，差堪告慰。只以帳席某君，前攖某疾，遽爾逝世，而會

計[2]紛繁，急應選一精明勤慎者繼之。竊念我

兄持籌握算，識廣才超，閱歷既深，措施自易，用敢以此職奉屈

大材。倘蒙　金諾，即希買棹來此，俾資借重，臨穎無任欽企之至！

即頌

台安！

弟某某謹上　月　日

註釋

1 落落　獨立不徇俗貌。《晉書・石勒載記下》：「大丈夫行事當磊磊落落。」

2 會計　管理財物及出納事務。

前函（白話文）

某某先生：

好久不見面了，想念得很！回想從前一同聚首的時候，那種樂趣真好像還是昨天的情形呢，那光陰過得竟這樣快，又已經幾年了！想你近來身體很好，家中也很安適，我遠遠的在這裏祝頌着。我做了半世的商人，自己落落地不徇世俗，沒有碰到過好的遭遇。幸而到了這裏以後，尚還覺得很順利舒適，生意也很好，這是稍微可以告訴你並且安慰你一下的。但是帳席某君，前次因得了某種病症，突然去世了，會計的職務很繁雜，應該立刻選一個精明勤慎的人接上去，想你運籌計劃，見識豐富，才學高超，閱歷既很深，處置起來自然很便當的，所以想請你擔任此職。倘然答允的話，請你就乘船到這裏來，使得我們可以借重你，那是十分的盼望着呢！祝你

安好！

某某某　月　日

四、覆前函——允就帳席

某某先生執事：荷雨帶香，荻風含怨，正懷
舊雨，忽獲
惠書。回誦之餘，知思念之殷，彼此同之！並諗
鴻業興隆，貿遷茂盛，足見
宏才碩劃，曷勝欽遲。某識如襪線[1]，才若鈍椎[2]，一身落泊[3]，半世辛勞；自愧旅食以終，不望揚眉之日。乃者辱蒙
高誼，委以帳席，古人推解[4]之風，何以異此，感紉五中，莫可言喻。惟自問樗櫟
庸才，恐不足以中大匠之繩尺也！當於某日趨　前候教，餘容面罄，不一。耑覆，
即頌
財安！

某某敬覆　月　日

註釋

1 襪線 《北夢瑣言》：李台瑕曰：「韓八座藝如拆襪線，無一條長。」韓，指韓昭。

2 鈍椎 椎，擊物之具。《晉書．祖約傳》：「君汝潁之士利如錐，我幽冀之士鈍如槌。」槌，通椎。

3 落泊 猶落魄，失志貌。

4 推解 推食解衣，言施惠也。《史記．淮陰侯列傳》：「漢王授我上將軍印，予我數萬眾，解衣衣我，推食食我。」

前函（白話文）

某某先生：

落在荷花上的雨還帶着香味，吹過蘆荻的風蘊含着哀怨，我正在那裏想念着老朋友，忽然接到你的信。讀了之後，知道想念的情形，大家都相同的。並且知道你的事業一天發達一天，生意也很興隆，足見你的能力高超，計劃遠大，我真不知怎樣的佩服你呢？我的才力薄弱得像襪線，才具愚笨得像鈍椎。失意了一生，勞碌了半世；自己很慚愧只能奔走着謀生，不再希望有揚眉吐氣的日子。現在蒙你盛情叫我做一個帳席，古人推食解衣的那種風氣，和這有甚麼分別呢？我心裏感激之至，哪裏可以用話說出來呢！不過想到自己這樣低能，恐怕擔不起這重大的責任，姑且等我在某日到你那兒領教，其他的話當面說罷，這裏不再多說了！敬祝

營業發達！

某某某　月　日

五、致友人——聘任跑街

某某仁兄台覽：別來數月，繫念良深。比維
潭祉綏和，侍祺安吉，為慰為頌！日前晤　令親某君，知
兄台於某月間已與某公司脫離，近方
居鄉養晦。吾人出處，合則留，不合則去，固應爾爾。惟小號近欲稍事擴充，意圖求
一熟悉客幫、嫻習商情者，以司招徠之職。因念
先生於斯道為三折肱[1]者，不卜肯
翩然下降，一為襄助否？倘蒙　不棄，希即
命駕惠臨。薪水佣金，自應從豐。如何之處，乞即
賜覆，無任翹企！即頌
近安！

某某手啟　月　日

註釋

1 三折肱　謂老手也。《左傳・定公十三年》：「三折肱知為良醫。」

前函（白話文）

某某先生：

分別了好幾個月了，我想念得很厲害。想近來府上很平安，你的身體也很好，那是我所祝頌你並且安慰自己的。前天碰到你的親戚某君，知道你在某月裏已經與某公司脫離，現在正在家鄉等待時機。我們做事情，合意就做下去，不合意就辭，本來應該這樣的。不過現在我們店裏想稍微擴充一下，要請一個熟悉客幫、並且知道商情的人，去招徠招徠生意，因此想到你對於此道富於經驗，不知道你肯來助理嗎？倘使你不嫌棄的話，請你立刻就來，薪水和回佣，當然應該重重酬謝。究竟怎樣，請你就覆一封信給我，很是盼望！祝你

近來安適！

某某某　月　日

六、覆前函——已應他聘容圖後報

某某仁翁先生道鑒：暌隔
芝儀，疏於箋候，罪甚，罪甚！頃辱
惠教，敬譾
褆躬晉吉，偉業迎祥，允符私頌。晚一介庸才，多年奔走，無非依人作嫁耳。不意
先生垂念下愚，以賦閒[1]家居，
賜書招之，高誼隆情，曷勝感篆！惟前有某處敝友相邀，業已相許，一俟俗事稍清，
即將首途。仰承　青睞，只有他日補報耳！方命之咎，千乞
鑒原！臨穎不勝惶恐歉仄之至！專覆，敬頌
台安！

晚某某敬啟　月　日

註釋

1 賦閒　《文選》有潘岳《閒居賦》。俗因謂失業無事曰賦閒。

前函（白話文）

某某先生：

自從和你分別以後，沒有寫信來問候過，抱歉得很！現在承你寫信來，知道你的身體很好，而且偉業發達，和我私下祝頌您相符合。我是一個庸庸碌碌的人，許多年來忙忙的奔走着，無非是替人家效勞罷了。不料你竟想起我這能力薄弱的人，因為我賦閒在家裏，寫信來叫我，你那種深厚的情意，我感激得不知怎樣呢？不過前次有某處的一個友人來招我去，我已經答允了他，等到俗事稍微料理清楚些，就要動身的。承蒙你看得起我，只有等待將來報答了！這不遵命的錯處，千萬請原諒！我寫這封信時，心裏十分的恐懼和抱歉呢！祝你

安樂！

某某某　月　日

七、致友人——薦經理

某某吾兄先生道鑒：河梁[1]判袂，幾易蟾圓。翹首

雲天，念何能已。辰維

潭祺集福，籌祉延釐，定符私頌。一昨晤　令親某君，知

貴經理某君以疾作古，繼任者尚在物色。茲有敝友某君，某某籍，曾充某處某號經理，

旋以股東意見不洽，不願營業，遂而歸來。其人有光風霽月[2]之懷，具抱璞[3]守真[4]

之志，且幹練廉明，素為朋儕所欽仰。而決策運籌，尤有獨到之見。倘

兄台以為可用而延引之，則駕輕就熟[5]自必綽乎有裕[6]，而某君亦得一展其偉抱。

弟雙方俱相交契，用為紹介，以備

採擇。吾　兄如有意者，請先

賜示，由弟為之先容[7]，再由

尊處聘請耳！肅此，順候

財安！

弟
某某謹啟　月　日

註釋

1 河梁：橋，亦指送別之地。舊題李陵與蘇武詩之三：「攜手上河梁，遊子暮何之？徘徊蹊路側，悢悢不得辭。行人難久留，各言長相思。」

2 光風霽月　《宋史・周敦頤傳》：「胸懷灑落，如光風霽月。」

3 抱璞　《文選・江文通雜體詩三十首・嵇中散言志》李善注引《老子》：「見素抱璞。」按，今本《老子》「璞」作「樸」。

4 守真　《後漢書・申屠蟠傳》：「味道守真。」

5 駕輕就熟　韓愈文：「若駟馬駕輕車就熟路。」

6 綽乎有裕　綽，寬裕貌。《詩・小雅・角弓》：「綽綽有裕。」

7 先容　揄揚介紹之也。

前函（白話文）

某某先生：

前次分別以後，已經過了幾個月了。我在這兒對着雲天想念着，是怎樣的辛勞呢？想你府上很好，生意也興隆，一定和我祝頌你的相符合。昨天碰到你的親戚某君，知道貴號經理因為生病逝世，接手的人還在各處訪求。現在我有一個朋友某君，是某處地方人，曾經做過某處某號的經理，後來因為股東方面意見不合，不願營業，就此回來。他有灑落清高的懷抱，和樸實真誠的志向，並且精明幹練廉潔，素來為朋友輩所佩服；至於決策籌算，尤其有獨到的見解。倘使你以為可以用而想引進的話，那麼好像駕着輕車走熟路，他的才力一定可以綽綽有餘，而某君也可以發展他的懷抱。我對於兩方面都是老朋友，因此替他介紹，以備你選用。如果你有意思的話，那麼請你先寫信來，讓我替你先介紹，然後再由你寫信去聘請吧。祝你

營業發達！

弟某某　月　日

八、覆前函——託代延請

某某老哥雅鑒：久不聆
教，鄙吝復萌，正欲箋候，忽奉
手教，敬悉
履祉清和，欣以為頌！敝號自前經理逝世後，主持乏人，不得已現由帳席某君兼
攝[1]。然訪求物色，正苦不易遘遇。今承
紹介某君，弟曾於數年前有一面之緣，性情才品，弟亦器重之。倘蒙惠然肯來，以為
臂助，何幸如之！費　神即為轉達鄙意，如不以局小事繁拒之者，當再肅函奉迓耳。
謹此奉覆，神與俱馳！敬頌
台祺！

弟某某敬覆　月　日

註釋

1 攝　代理也。

前函（白話文）

某某老哥：

好久沒有聽到你的教誨，我心裏又要生鄙吝之念了。正想寫信候你，忽然接到你的信，知道你的身體很好，十分快慰！我們店裏自從前經理某君去世了以後，沒有人主持，不得已由帳房某君兼任，然而仍在訪求，不過不容易碰到。現在承你介紹的某君，我曾經在幾年前，和他見過一次面，他的性情能力和人品，我也佩服的。假使蒙他肯來幫助，那真是無可比擬的幸事呢！勞你立刻轉告我的意思，假使他不因為我們的局面小事情繁而拒絕的，那麼我再寫信去迎接他來。特地寫信奉覆，我的心也好像跟着這封信到你那兒一般呢！祝你

康樂！

某某某　月　日

九、致業師——保薦店友

夫子大人尊鑒：憶自春間恭聆

訓諭，倏又碧梧落葉，丹桂飄香矣！敬維

福躬康泰，履祉呈祥為頌。謹懇者：同鄉某君，前在某號任職有年，近以該號更易經理，位置私人，以致失業家居。此君客幫熟識，品性優良，既擅書算之才能，尤精貨物之鑒別。因念千里馬非伯樂[1]不識，亦非伯樂不用，竊欲登諸

龍門[2]，不卜可於中秋節安插一席否？倘蒙

俞允，不特某君感遇　知己，永矢勿諼[3]，即生亦感同身受焉。謹此奉　瀆，諸希

明察！即頌

崇安！並候

福音！

受業某某謹啟　月　日

註釋

1 伯樂　古之善相馬者。
2 龍門　李白《與韓荊州書》：「一登龍門，則聲譽十倍。」
3 永矢勿諼　諼音暄，忘也。《詩·衛風·考槃》：「永矢弗諼。」

前函（白話文）

某某業師：

記得在春天聆您教訓後，忽忽又是梧桐落葉、桂子飄香的秋天了！想您近來福體康泰，一切安適，那是我十分祝頌着的。我的同鄉某君，前在某處某號，做了多年的事情，這次那店裏調換了經理，安插私人，以致失業在家。他的品性很好，熟悉客幫，寫算都很精明，尤其擅長辨別貨物。我因此想到非凡的人才，不是平常人所能知道，也一定要識貨的人才肯用，所以想要薦到您那兒，不知道可以在中秋節給他安排一個位置嗎？倘然蒙您允許的話，不但某君感激您，永遠不敢忘記，就是

我也感戴着您的盛情，好像親身受着呢！特地拜託您，請您明察！恭祝
康泰，並且等待着您的回音！

生某某
月
日

一〇、覆前函——允安插跑街職

某某仁棣青鑒：頃接

手書，辱承　垂注，感何如之！號中營業尚稱興盛，而諸執事皆能稱職，既無冗員[1]，亦鮮閒缺。承　推轂某君，苦難安排。惟

來書稱其熟悉客幫，愚擬令充跑街之職，當能愉快勝任。蓋此項職員，多添一人，即推廣營業一分，故雖眾不冗。果

貴同鄉能屈就者，薪水每月若干元，希為轉告，即日束裝來號，並即請

弟為薦保者，何如？匆匆手覆，即頌

近安！

愚某某敬覆　月　日

註釋

1 冗員　閒散無用的人。

前函（白話文）

某某仁弟：

方才接到你的信，承蒙你想念，感激得很！我的店裏尚還興盛，而店中的夥友，都能很稱職地做事，既沒有多餘的人員，也沒有閒缺。承蒙你推薦某君，實在難於安排。不過來信稱他熟悉客幫，我想叫他做個跑街，想來他一定能夠稱職。凡是這項職員，多加一個人，就是推廣一分的營業，所以雖然人多也不嫌多。假使果真你的同鄉肯屈就的，那麼每月薪水若干元，請就轉告他，整理了行裝到這兒來，並且請你做薦保人，你以為怎樣？匆匆奉覆，即問

近好！

愚某某　月　日

二、致某友——保薦學徒或練習生

某某仁兄惠鑒：溯別經年，懷思曷已。敬啟者：茲有友人子某某，已屆舞勺[1]之年，向在某小學讀書，文理粗通，兼嫻[2]珠算，質地頗為聰穎，性情亦甚馴良[3]。只以家貧無力讀書，不得不改習商業，俾謀生計，特囑為之設法介紹。因思尊處駿業鼎盛，駸駸日上，多收一二學徒（或練習生），為他日臂助之資，當屬可能，爰為專函奉懇，還乞推愛收錄，感同身受。如蒙　錄用，弟並可兼負擔保之責。如何之處，希賜覆音，當帶詣台端，親承訓誨也。專此，敬頌財祺！

弟某某敬啟　月　日

註釋

1 舞勺 《禮記・內則》：「十有三年，學樂，誦詩，舞勺。」今稱未成童者曰舞勺之年。
2 嫻 習也。《史記・屈原賈生列傳》：「嫻於辭令。」
3 馴良 和順也。

前函（白話文）

某某仁兄：

記得分別以來，已有一年以上，想念之情，簡直沒有一刻停止。現在有一個朋友的兒子某某，已經到了十三歲的年齡，向在某小學裏讀書，文理粗通，還懂得一點珠算，資質很是聰明，性情也極為和順。只因家境貧困，沒有力量再讀下去，不得已想改學商業，以便將來可以謀生餬口，特地託我替他想法介紹。因想貴處營業非常發達，有蒸蒸日上之勢，就是多收一兩個學徒，做將來幫忙的用處，也未嘗不好。因此特地寫這封信，懇求你推愛收錄，那就如同我親身所受到的一樣的感激了。倘使承你錄用，我並且還可以兼負擔保的責任呢。你的意思怎樣？請你就給我一個

覆音，以便把他帶到你跟前，使他親自恭聆你的教誨。敬祝
財源茂盛！

弟某某
月　日

一二、覆前函（一）——目下事少人多請待來春

某某先生台鑒：正溯葭念，得奉

手教，欣慰何如！辱承

紹介貴友之子，自當從

命；惟目下原有學徒三人，尚未畢業，而小號營業清淡，事少人多，只可暫緩。一俟

來春，再行酌奪，何如？知勞

垂注，用此函覆；諸維　台洽[1]。即候

財安！

弟某某謹上

月　日

註釋

1 台洽　台，尊稱人家；洽，接洽。即請君接洽之意。

前函（白話文）

某某先生：

我正在這裏想念你，忽然接到你的來信，我心裏是如何的快慰呢？承你薦給我你朋友的兒子，本來應當遵命的；不過現在我們店裏本來有三個學徒，還沒有滿師，而我們店裏的生意很清淡，人多事情少，只可稍微等待，到明年春天再決定好嗎？恐怕你盼望，所以寫這封信回覆，請你諒察。祝你

安適！

弟某某　月　日

一三、覆前函（二）——允收練習生

某某先生大鑒：展誦
手書，藉聆一是。敝公司刻正招收練習生，承以
貴友之子相介紹，弟甚表贊同[1]。惟是項練習生，月僅津貼[2]數元，三年練習期滿，始升任職員，其他一切待遇，均照敝公司職員服務規程辦理，此應請為轉知者也。專
覆，順頌
台安！

弟某某敬覆　月　日

註釋

1 贊同　對於他人之意表示同意也。
2 津貼　以財物補助人使得津潤之益，謂之津貼。

前函（白話文）

某某先生：

方才接到你的信，知道一切。本公司目下正在招收練習生，承你介紹你朋友的兒子，我很贊成。但是這項練習生，每月僅有津貼數元，三年練習期滿，才升任職員，其他一切待遇，都照本公司職員服務規程辦理，這要請你轉告的。特地覆你，

祝你

安健！

弟某某　月　日

介紹類

一、致某廠經理——介紹參觀工廠

某某先生道鑒：暌隔
鴻儀，時縈蟻慕[1]，敬維
履祉安燕，財祺晉吉，為頌為慰。茲啟者，敝友某君，素於西北經營實業，茲次省親返里，道出此間，欲乘便參觀各廠，俾得擷取精華，以資借鑒[2]。囑弟代為介紹，因思
貴工廠創辦有年，出品優良，規模宏大，設備之完善，機械之精巧，允堪首屈一指，而
先生又熱心提倡國貨，不遺餘力；某君此舉，要為國家挽回利權，為國貨爭取市場，諒亦為
先生所樂許也！肅此奉懇，順頌
籌祺！

某某謹啟　月　日

註釋

1 蟻慕 《莊子．徐無鬼》：「羊肉不慕蟻，蟻慕羊肉，羊肉羶也。」今尺牘中借用為仰慕之詞。

2 借鑒 以他人事為鑒者曰借鑒。《淮南子．主術訓》：「借明於鑒以照之，則寸分可得而察也。」

前函（白話文）

某某先生：

和你分別以後，我心裏時常仰慕着。想你近來身體很好，生意興隆，那是我覺得快慰和祝賀你的。我的朋友某君，素來在西北經營實業，這次因為回家拜望父母，路過這裏，要想乘便參觀各廠，採取各種長處，當作借鑒，來改革一下，叫我代替他介紹。因此想到貴廠已經創辦了許多年了，出品優良，規模宏大，那設備的完全，機械的精巧，可以在同業中佔第一位。而且你又那樣的熱心提倡國貨，非常的出力；

某君此種舉動，不過想替國家挽回利權，替國貨爭取市場，想來也是你所贊成允許的。祝你

營業隆盛！

弟某某

月　日

二、覆前函——允招待參觀

某某先生大鑒：接讀

華翰，欣悉一切！過蒙　獎借[1]，愧不敢當。敝廠年來閉門造車[2]，因陋就簡，鮮有興革，本不敢出門合轍[3]，見笑方家[4]；惟　某君近年致力開發西北，聲譽卓著，早為同人所景仰。此次辱蒙

介紹，枉臨敝廠，當可面懇指示，一聆教益，俾得有所遵循，幸何如之！請為

轉達，當掃徑以待也！專此奉覆，順候

財祺！

弟某某敬啟　月　日

註釋

1　獎借　言獎人而溢美也。《宋史．李沆傳》：「（沆弟）維……性寬易，喜慍不見於色，獎

借後進。」

2 閉門造車 《中庸或問》：「古語所謂『閉門造車，出門合轍』，蓋言其法之同。」亦用為「自作主張，不合實際」之意。

3 出門合轍 轍，車輪所碾之跡也。參看上條。

4 方家 謂深於道者。《莊子．秋水》：「見笑於大方之家。」

前函（白話文）

某某先生：

接到你的信，很快活地知道了一切，承你那樣溢美的稱讚，真使我們慚愧得很！我們廠裏近年還是守舊製造，因陋就簡，很少改革的地方，本不敢來獻醜，惹行家的恥笑；不過某君近年來致力開發西北，名望很大，早為我們廠中諸同人所欽佩的。這次蒙你介紹來參觀，我們就可以當面請他指示，聽一聽他的高論，使我們廠裏可以遵照着改革，真是幸運呢！請你轉告他，我們要掃清了路徑恭候着！祝你

財源茂盛！

某某某 月 日

三、致某號東主——介紹某建築公司

某翁先生鈞鑒：去臘一別，不奉
雅教，忽又蟾圓數度矣！頃聞
貴號擴充營業，有土木[1]之興。行見宏業大開，門庭若市[2]，甚盛，甚盛！但不知
台端已覓得建築師否？茲某建築公司經理某某者，精繩墨之才，擅建築之術，頗不同於流俗，
執事果欲建大廈，非斯人莫屬。特與片楮，以為紹介，請進而訊之。願美輪美奐，
早觀落成也！專此，即頌
財祺！

弟某某敬啟　月　日

註釋

1 土木 《後漢書·梁冀傳》：「殫極土木。」

2 門庭若市 《戰國策·齊策》：「群臣進諫，門庭若市。」謂謁者之眾也。

前函（白話文）

某某先生：

在去年冬裏和你分別以後，不接到你的信，已經幾個月了！現在聽說貴號營業擴充，要造房子，將要看見你的事業更加發展，門庭更加繁盛，極好，極好！但不知道設計打樣，已經有人負責嗎？某建築公司經理某君精於建築的技術，與平常人不同，你假使果真要造大房子，那麼除了這人就不可多得了！特地給他這封信，作為介紹，請你問他一下。望你巍巍的新廈，早日落成！祝你

財源茂盛！

弟某某　月　日

四、覆前函——該公司業已承攬

某某仁兄先生台鑒：久未晤敍，正切馳思，頃得賜書，備悉一切。敝號舖面，風雨剝蝕[1]，日馴[2]破敗，加以邇來營業擴充，遂致不足，因就原有地盤，除舊更新，添建三樓，俾敷營業而已。辱蒙介紹某建築公司經理，進而叩之，確為斫輪[3]老手，已允承攬，俟酌定工材，便可雙方訂約矣。手此奉覆，並表謝忱！藉頌

台安！

某某敬啟　月　日

註釋

1 風雨剝蝕　《老學庵筆記》：「漢隸歲久，風雨剝蝕，故其字無復鋒芒。」

2 馴　漸也。

3 斫輪 《莊子．天道》：「輪扁曰：『……斫輪，徐則甘而不固，疾則苦而不入，不徐不疾，得之於手而應於心，口不能言，有數存焉於其間。臣不能以喻臣之子，臣之子亦不能受之於臣，是行年七十而老斫輪也。』」今謂人之富於經驗者曰斫輪老手。

前函（白話文）

某某先生：

多時不見面了，正在那裏想念你，現在接到你的信，一切都已經知道了！小號舖面的舊房子，經了多年風雨的侵蝕，一天天的破壞了！而且現在擴充了營業，地方便覺不夠，所以在原來的地方，把舊的拆掉，翻造新的，想添造三層樓，使得足夠營業就算了。承你介紹給我一位建築師，我請他來問了之後，知道他的確是個經驗豐富的人，他已經答允承包，等到算好了人工材料，就可以雙方訂約了。特地寫信來覆你，並且表示謝意！祝你

康健！

某某某　月　日

五、致某公司經理——介紹某律師

某某先生惠鑒：上旬別後，聞
貴公司為某某號冒用商標一事，前途業已提起訴訟。此輩如此持蠻無理，殊屬令人髮指[1]！敝友某律師，法理精邃，聲譽卓著，久為社會所推許。頃適以事過舍，偶與談及，渠亦代抱不平[2]，願秉公助
執事以鋤豪強[3]。弟思事既涉訟，雖直在我而曲在彼，亦當早為之備，以圖保全利權。果以芻言[4]為可採者，則某律師殊可委託，公費種種，不必預計，等事後酌量酬謝可耳！諸維
裁奪為荷！專肅，即頌
台祺！

弟某某敬上　月　日

註釋

1 髮指　《史記．項羽本紀》：「（樊噲）瞋目視項王，頭髮上指，目眥盡裂。」
2 不平　韓愈《送孟東野序》：「大凡物不得其平則鳴。」
3 豪強　《漢書．翟方進傳》：「方進為京兆尹，搏擊豪強。」
4 芻言　謙其言如芻蕘者之語也。《詩．大雅．板》：「詢於芻蕘。」

前函（白話文）

某某先生：

十天前分別後，聽説貴公司因為某號冒牌的事情，前去交涉，不料對方已經提起訴訟。這般人竟這樣的蠻不講理，真是使人痛恨。我的朋友某律師，他的法理很是精深，名望又好，早為社會上一般人所稱讚的。方才因為有些事恰巧到我家裏來，他也替你代抱不平，寧願宣揚正義，幫助你打倒那些強暴的人。我想你的事情既已打了官司，那麼雖是我直他曲，也不可不早一些準備，以保全你自己的權利。假使你果真以我的話為對的，那麼某君的確可以委託，公費等種種事情，不必預先計算，

等到事後酌量酬謝他一些就得了。這請你仔細的考慮一下吧！祝你
安健！

某某某　月　日

六、覆前函——擬往事務所委託辦理

某某先生偉鑒：違
教旬日，正切馳繫。某號冒用商標一事，對方非惟不知悔悟，竟敢以曲為直，先發
制人，以期淆亂視聽；然從此付之法律解決，亦未始非直截了當之辦法也。頃奉
手教，欣稔一切。某律師英才卓識，弟久已心儀[1]。今承願為代理訟事，無任喜愜。
蒙
示早為部署[2]一節，
高見正與鄙意相同。準容明日午後二時半，前赴某律師事務所，與之磋商。倘此時
台端能撥冗　駕臨該處一談尤妙！耑此奉覆，餘容續陳。祇頌
台祺！

弟某某敬啟　月　日

註釋

1 心儀　心中仰慕也。《漢書．外戚傳上》：「皆心儀霍將軍女。」

2 部署　猶安排也。《史記．項羽本紀》：「部署吳中豪傑。」

前函（白話文）

某某先生：

自從和你分別十天了，正在想念着你。某號冒牌一件事情，對方不但不知懊悔覺悟，竟然膽敢把曲的當作直的，先下手為強，來混亂人家的耳目。然而從此用法律來解決，也未始不是直截了當的辦法。現在接到你的來信，很快活地知道了一切。某律師的才能見識很出名，我心裏早已佩服。現在蒙他願意代替我料理這打官司的事情，十分快活。你叫我早些安排，正和我的意思相同。準定在明天午後兩點半鐘，到他的事務所裏，和他商量。假使這個時候你能夠抽暇到那裏談一談，那就更好了！特地寫信奉覆，其他的話慢慢再講吧。祝你

康樂！

某某某　月　日

七、致老友——介紹地產

某某吾兄先生台鑒：久違

教範，時切葭馳！自愧塵勞，有稽修候。比維

道履清嘉為祝！茲敝友某君，以經營某事失敗，為債權者所迫，不得已願將自置市房及基地變賣，以了夙逋[1]。該屋坐落某處某段，共計幾幢，隨屋基地若干，共索價若干元。急求受主，來相囑託。因思該處街衢熱鬧，市面繁榮，購置產業，亦殊得計。

素稔

先生宏志，廣廈萬間[2]，盍請

納諸門下，如　有意者望先

駕臨敝處偕往一觀，何如？專此奉達，即頌

崇安！

弟某某敬啟　月　日

註釋

1 夙逋　舊債也。《左傳・昭公十九年》註：「施恩惠，捨逋負。」

2 廣廈萬間　杜甫詩：「安得廣廈千萬間。」

前函（白話文）

某某先生：

好久不見你，時常想念着！自己慚愧着俗務的忙碌，沒有寫信來奉候。想來你近日起居很康泰，一定像我心裏祝頌的一樣。現在我的朋友某君，因為經營某件事業失敗，給許多債主逼迫，不得已願意把自己的市房連基地變賣掉，償清所欠的債。那所房屋的地位在某處某段，共計幾幢，基地有多少，開價要若干元，急切的要找一個買主，來託我設法。我想那地方是一條要道，市面非常熱鬧，買作產業，也很有利的。我素來知道你要有添置房產的宏願，請你買了下來，好嗎？假如你果真有意的話，請你先到我那裏一同去看一下，怎麼樣？祝你

康健！

某某某　月　日

八、覆前函——經濟拮据無力購置

某某先生台覽：近在咫尺，會面時稀。每懷
丰采，輒深馳繫！頃奉
手教，宛同晤對。
令友某君房屋意欲脫售，承蒙紹介，本可從　命。惜今歲以世難年荒，弟經濟方面，
殊為拮据[1]；揆諸　令友產價，原不昂貴，顧無餘款可以購置，只得有負　盛情，
尚希另為別謀，是禱！專此奉覆，臨穎不勝歉仄之至！祇頌
台安！

弟某某敬啟　月　日

註釋

1 拮据 窘迫也。《詩・豳風・鴟鴞》：「予手拮据。」

前函（白話文）

某某先生：

我和你離開並不十分遠，但是見面的時候很少。每次想到了你，心裏總十分的掛念着！現在接到了你的信，好像親自見面一般。你的朋友某君的市房，要想賣掉，承蒙你介紹給我，本來是可以遵命的。不過今年世難年荒，我的經濟方面，很是窘迫；照你朋友產業的價錢，本是不貴，但是沒有餘款可以購置，只能辜負你的一番盛情，請你另想別法吧！特地回覆你，寫信的時候，還覺得非常抱歉呢！祝你

安健！

某某某 月 日

九、致友人──託介紹相見

某某仁兄先生台鑒：握別兼旬，企瞻恆切。比想

動定咸宜，以欣以頌。茲聞某某廠經理某公，新自南來，行旌暫駐，期定半月。此

公胸懷磊落，雅好獎引後進。某前主某事，曾蒙激賞，常時即欲上謁[1]，屢為事阻，

登龍[2]之願，卒未克償，五中耿耿，積日彌殷！今幸賁臨，不難求見。惟率爾摳

衣[3]，近於冒昧。伏念吾

兄與之交稱莫逆[4]，敢乞借重　鼎言，為之紹介，俾免揮諸門外，得能御李[5]而回，

曷勝感荷之至！謹此奉瀆，臨楮惶悚，祇頌

大安！

弟某某敬啟　月　日

註釋

1 上謁 《漢書．雋不疑傳》：「褒衣博帶，盛服至門上謁。」
2 登龍 《後漢書．李膺傳》：「士有被其容接者，名為登龍門。」
3 摳衣 言提衣進見也。《禮記．曲禮上》：「摳衣趨隅。」
4 莫逆 《莊子．大宗師》：「相視而笑，莫逆於心。」
5 御李 《後漢書．李膺傳》：「荀爽嘗就謁膺，因為其御，既還，喜曰：『今日乃得御李君矣。』」

前函（白話文）

某某仁兄：

和你分別了幾十天了，時常想念着。想來你近來行止都好，這是很祝頌你的。現在聽說某廠經理某公新近從南方來，在這裏停留半月。他老人家的胸懷十分磊落，很喜歡獎讚和提拔人家。我前次做某一件事，曾經蒙他十分的讚賞，當時就想到那裏去拜謁，但屢次總為別的事情牽累着，到底沒有達到目的，心裏十分抱憾，日子又多，又覺得焦急了！現在幸而他到這兒來，不難去求見。不過直率地去晉謁，未免有些冒昧。因此想到你和他交情很深，想借重你說一句話，給我寫一封信，介紹一下，庶幾不致遭他拒絕，而可以在他老人家面前聆教一下，真是感激不盡呢！特地拜託你，動筆時惶恐得很呢！祝你

康健！

弟某某

月　日

一〇、覆前函——允為介紹

某某先生台鑒：頃奉
惠翰，展悉一切。吾
兄英年碩學，某公既早心折[1]矣！今得
大駕先施而往，則倒屣[2]迎門，相見恨晚[3]，自在意中。
尊囑片楮為介，彼此交好，豈容推諉。刻謹修呈緘一，即希
察收為荷！手此裁覆，餘不一一。藉頌
近安！

弟某某敬啟
月　日

註釋

1 心折　心服也。江淹賦：「使人意奪神駭，心折骨驚。」

2 倒屣《三國志．吳書．顧雍傳》：「（蔡）邕才學顯著，貴重朝廷，常車騎填巷，賓客盈坐。聞粲在門，倒屣迎之。」

3 相見恨晚《史記．主父偃傳》：「天子召見三人，謂曰：『公等皆安在，何相見之晚也！』」

前函（白話文）

某某仁兄：

此刻接到了你的信，一切已經知道了，你這樣的年富力強，才能卓著，某公早就佩服的很！現在你能夠先去見他，那麼他一定來不及的迎接你，要恨相見太遲了呢！你叫我寫一封信介紹，我們大家都是要好朋友，怎能推辭呢？現在特地寫好了一封附上，請你收了吧！特地奉覆，其餘的不多說了。祝你

近來好！

弟某某　月　日

一一、致商會主席——介紹友朋晉見

某某仁翁主席偉鑒：前趨　蕭室[1]，暢聆

清談，復飫　郇廚，尤深銘感。時月之間，不見

叔度，遙想

興居，定多佳勝。此間某君，商界泰斗，卓識高才，久負時譽，生平好就當世賢明

長者。耳

先生名，心折無似，嚮往之忱，積日彌殷。今於役[2]某處，道出珂里，擬即修刺[3]上

謁，知某素承青眼[4]，因囑為之先容，想

主席太丘[5]道廣，北海[6]情殷，定蒙

紆尊延接，而令其一申仰止也！肅此奉達，虔頌

道安！

名正肅

月　日

註釋

1 蕭室　李肇《國史補》：梁武帝造寺，命蕭子雲飛白大書一蕭字。後寺毀，惟此一字獨存，李約見之，買歸東洛，建一室以玩之，號曰蕭齋。

2 於役　《詩．王風．君子於役》：「君子於役，不知其期。」

3 刺　名片也。

4 青眼　晉阮籍見俗士，則以白眼相對。嵇康訪之，乃見青眼。

5 太丘　漢陳寔曾為太丘長，平日平心率物，鄉人有爭訟，輒求判正。此謂其得人之推戴，有陳寔之風也。

6 北海　漢孔融嘗為北海相，世稱孔北海。性好客，嘗曰：「座上客常滿，樽中酒不空，吾無憂矣！」

前函（白話文）

某某先生：

前次到你府上來，聽到你一番的高論，又蒙你設宴款待，心裏十分的感激。現在已經好些時候不見你了，想來你的起居，一定是很舒適的！現在有某君是這裏商界聞人，他的才能很好，見識也很高，在社會上早已有些聲名，平生喜歡交當世賢明的前輩。聽見了你先生的名望，心裏十分的佩服，想念你的心意，一天比一天濃厚了！這次有事到某地去，路過貴處，想到你那裏用名片來拜訪。不過覺得無緣無故的進謁似乎太冒昧了，因為知道我素來蒙你看得起，叫我說句話作為介紹，所以只能替他先來道達一下。想來你一向喜歡結交朋友，有漢朝陳寔、孔融的遺風，一定肯委屈些接見他，使他能夠申說他的一番仰慕之情呢！祝你

康泰！

晚某某　月　日

一二、覆前函——允即延見

某某仁兄大鑒：自別
手標，時殷懷繫！比奉
手書，聆悉一是。某涼德庸才，忝膺主席，愧無建樹，歲月蹉跎，不圖 某君謬採
虛聲，必欲枉道存問[1]，何錯愛之深耶？今不遠千里而來，某雖愚陋，敢勿倒屣以迎，
一承 清誨哉！手此奉覆，順頌
台祺！

某某敬啟 月 日

註釋

1 枉道存問 《梁書·到溉傳》：「（溉）性又不好交遊，惟與朱異、劉之遴、張綰同志友密，及臥疾家園，門可羅雀。三君每歲時常鳴騶枉道，以相存問。」

前函（白話文）

某某先生：

自從和你分別後，心裏時常的想念着！方才接到你的信，一切都知道了。我德行淺薄，才能平常，雖然做了主席，一點沒有建立過事業，不過消磨光陰而已。不料某君錯聽了我的虛名，必定要繞道來看我，為甚麼這樣的看得起我啊？現在他這樣在千里路以外遠遠的來到，哪裏可以不很快的迎接，聽聽他的高論！特地奉覆，

恭祝

安樂！

某某某 月 日

天地博雅文叢

經典常談 朱自清 著

新編《千家詩》 田奕 編

邊城 沈從文 著

孔子的故事 李長之 著

啟功談金石書畫 啟功 著 趙仁珪 編

沈尹默談書法 沈尹默 著

詞學十講 龍榆生 著

詩詞格律概要 王力 著

唐宋詞欣賞 夏承燾 著

古代漢語常識 王力 著

梁思成建築隨筆 梁思成 著 林洙 編

簡易哲學綱要 蔡元培 著

唐宋詞啟蒙 李霽野 著

唐人絕句啟蒙 李霽野 著

唐詩縱橫談　周勛初 著
佛教基本知識　周叔迦 著
佛教常識答問　趙樸初 著
漢化佛教與佛寺　白化文 著
沈從文散文選　沈從文 著
宋詞賞析　沈祖棻 著
人間詞話新註　王國維 著　滕咸惠 校註
閒談寫對聯　白化文 著

魯迅作品細讀　錢理群 著
夜闌話韓柳　金性堯 著
日用交誼尺牘　譚正璧 著
陶淵明批評　蕭望卿 著
名篇詞例選說　葉嘉瑩 著

天地
www.cosmosbooks.com.hk

書　　名　日用交誼尺牘
作　　者　譚正璧
編輯委員會　梅　子　曾協泰　孫立川
陳儉雯　林苑鶯
責任編輯　蔡雪蓮
美術編輯　郭志民
出　　版　天地圖書有限公司
香港黃竹坑道46號
新興工業大廈11樓（總寫字樓）
電話：2528 3671　傳真：2865 2609
香港灣仔莊士敦道30號地庫
電話：2865 0708　傳真：2861 1541
印　　刷　美雅印刷製本有限公司
香港九龍官塘榮業街6號海濱工業大廈4字樓A室
電話：2342 0109　傳真：2790 3614
發　　行　香港聯合書刊物流有限公司
香港新界荃灣德士古道220-248號荃灣工業中心16樓
電話：2150 2100　傳真：2407 3062
出版日期　2021年10月／初版

ISBN ： 978-988-8550-01-2